青春美文系列丛书

不惊慌的雨

朱成玉◎著

群众出版社

图书在版编目（CIP）数据

不惊慌的雨 / 朱成玉著. — 北京：群众出版社，2015.7
（青春美文系列丛书）
ISBN 978-7-5014-5391-7
Ⅰ. ①不… Ⅱ. ①朱… Ⅲ. ①散文集 – 中国 – 当代 Ⅳ. ①I267

中国版本图书馆CIP数据核字（2015）第151054号

青春美文系列丛书
不惊慌的雨
朱成玉　著

出版发行：群众出版社
地　　址：北京市西城区木樨地南里
邮政编码：100038
经　　销：新华书店
印　　刷：北京泰锐印刷有限责任公司

版　　次：2015年9月第1版
印　　次：2015年9月第1次
印　　张：6.875
开　　本：880毫米×1230毫米　1/32
字　　数：160千字

书　　号：ISBN 978-7-5014-5391-7
定　　价：23元

网　　址：www.qzcbs.com
电子邮箱：qzcbs@sohu.com

营销中心电话：010-83903254
读者服务部电话（门市）：010-83903257
警官读者俱乐部电话（网购、邮购）：010-83903253
公安综合分社电话：010-83901870

目 录

立 夏

小 满

芒 种

夏 至

小　暑

大　暑

立夏

夏天也会踮起脚尖儿，只是，她够的不是镜子，是橱窗里高高挂着的婚纱。价格不菲，却又一文不值。

——立夏

蚂蚁想要一滴咖啡

我曾经在一篇文章里将自己在深夜里写作的情形比喻成一只为爱咯血的狐狸，而今天，我觉得自己更像是一只蚂蚁，徘徊在夜的幕布上，顶着纤弱的触角，去抵御强大的命运。

在这样的夜里，写出了好句子，就像一尊儒雅的佛，拈花一笑；写不出精彩，就像一只燥热的猴，抓耳挠腮。

我左右摇晃我的脑袋，脖颈上的骨节咯吱作响，像钟摆一样，亲自摆布起自己的时光。

一篇好文章在诞生之前似乎是有预见性的，就像一棵树上新冒出的枝丫，让你有一种痒痒的感觉。我的想象力并不丰富，所以很难虚构出一个故事。我常常在对人的复述中把一个真实的事情推到哈哈镜前，遮盖掉百分之九十九的无聊部分，夸张地放大有趣的细节。于是某些普通的经历就变得生动甚至古怪起来，某些天天能遇到的人就成了超人或者变态狂。

要我从自编自导的喜剧里逃出来真的很难，甚至读者也正在陶醉中。演员也好，小丑也罢，我用我不算过火的演绎和不曾屈膝的卑微换你一个灿烂的笑容，有什么不好？我编织一些带着七色光环的真实故事，让你发现滑向生活深渊的斜面上原来布满了惊喜的回转和岔路，有什么不好？

我想我会继续遗忘平淡，夸大惊奇，会分出一切光和热给每个眷暖贪生的孩子，直到他们听够了我的故事转身离去。

我为自己冲了一杯咖啡。这时候，我看到一只蚂蚁，爬上我的桌子，奔着咖啡而去。大概是它闻到了咖啡的香气吧。

它刚刚爬上咖啡的杯沿，我就将它驱赶。然后它再次转身，又来爬那杯子，我就再次将它驱赶。那咖啡对于它，有着太大的魔力，似乎它的一生都是为了这杯咖啡而来。我终于，甩了一滴咖啡在我的桌面上，它也终于停下来，静静地，似乎在享受那个过程，仿佛感受到了咖啡的美妙。

在这个偌大的夜里，我自己又何尝不是一只蚂蚁呢？所求甚少，不过是一滴咖啡而已。

最近听说出了一款软件，只要你把要写的文章的中心思想、主要词汇词条啥的都输入进去，就可以得到一篇完整的文章，而且质量还蛮不错，因为软件里储藏着数以万计的文章。我没试过，不知真伪，但听到这个消息，不免心生厌恶。

我有健忘的毛病，有时候前几分钟想好的事情，很快就会忘掉。包括自己的梦，刚做完，醒来就忘得一干二净。这让我损失不小，因为在梦里总有一些美妙的故事，或者好的句子，醒来就被我错失了。我就突发奇想，如果有那样一种机器，可以通过大脑皮层的信息，将那个梦转化成文字，从电脑中直接输出来，那该多好啊！我想这个想法完全有可能实现，这个世界，还有什么是人完成不了的呢？只是，这样的写作还有什么快感可言呢？我清清楚楚地记得，每当我写出一篇好文章，都会兴奋得睡不着觉，欢呼雀跃，把妻子从熟睡中叫醒，给她朗读。

一篇好文章，会让我美上好几天。

科学要是真的进步到了那种境界，人生的乐趣该减掉多少呢？

蚂蚁只是想要一滴咖啡，让有生之年充满甜蜜的味道。那种过程是喜悦的，过程本身就是充满甜蜜味道的。我不想不要过程直接要了结果，那将是索然无味的结果。

在那样的夜里，我就像一只蚂蚁，竭尽全力地奔波，不为别的，就是为了要一滴咖啡。这总不算是奢侈的吧。

几个字，几个词，组成几段美妙的话，就足以在我心底掀起温暖的浪了。

不要误诊了你的爱情

婚后，男人很少管家务事。几乎没洗过一次衣服，没下过一回厨房，所有的活都是女人来干。男人喜欢附庸风雅，下了班，就会一头钻进书房，写上几段不合时宜的诗歌，赞美或感伤着他的世界，顺道夸夸他的女人。每每听到那些赞美她的诗句，女人都面若桃花，倍感欣慰。男人是女人心目中的大才子，女人不忍打扰他，什么活都不让他做，总是做好了饭再叫他，还不忘为他开一瓶啤酒，然后就那么看着他狼吞虎咽，心中溢着满满的幸福。

男人有腰疼的毛病，女人每晚临睡前，都会用热毛巾为他敷一会儿，再做半个小时的按摩。

女人宠着男人，男人也习惯了这样被宠着，心安理得。

为了更好地照顾家，女人辞了工作，决定塌下心来相夫教子。

只是，日子一天天过着，难免会有些磕磕绊绊。

女人有个毛病，每次月经的时候都会腰酸腿痛，就有不想动弹的时候。男人却照例不帮一下手，衣来伸手饭来张口，女人心中便隐隐有了些委屈。

他们住的是平房，偌大的院子他不收拾，长满野草，恣意荒芜着，像无人居住的荒凉古宅。几棵果树倒是枝繁叶茂，只是他想不到打药，每颗果子的心脏便都成了虫子们的天堂。

夏天总算好过，冬天就不一样了。冬天要烧炉子，房子大，女人每天要担很多炉灰出去，又要担很多煤进来，这是个不小的体力活。女人每天灰头土脸的，三十岁的女人像四十岁，无端端地，被繁杂的家务勒索走十年的青春。男人偶尔也会干点儿，但更多的时候，以腰疼为借口，躲避劳动。

屋子冷得厉害，炉子散架了，他也不会搭。鼓捣一天，总算把炉子搭起来了，让人哭笑不得的是，他搭的炉子竟然没有炉眼儿。没办法，女人还得亲自动手。生活里这样的事情比比皆是，女人免不了也有心情不好的时候，就会怨怼，嘟囔他几句，他就不耐烦起来，常常冲她发火。

女人便开始在心底痛苦地琢磨起来，是他和她的爱情生病了，还是他对她根本就没有爱？

正如女人所说，他是个不会过家的男人。他活着没有激情，一年和一天都是一个样子，做一天和尚撞一天钟，不停地重复着一种灰暗的生活。渐渐地，女人生出退却之心，想到了离婚，但一直没有说出口。

男人感觉到腰一天比一天疼得厉害，自己去医院检查，结果查出了癌变。医生给他的生命限定了日期——三年。

不知道为什么，从那以后，他竟然像变了个人似的，家里的活抢着去干，平日里看不到的，想不起来的该干的活，他也一下子都想到了，也会干了。他在院子里建了蔬菜温室，这样她一年四季都可以吃到青菜；在房前屋后，他撒上了各种花籽，因为他知道他的女人喜欢花；房顶上的瓦，还没坏呢，他也重新换了一遍，他说这叫未雨绸缪。累得腰都直不起来了，额头上沁着一层层冷汗，他却仍然坚持着干这干那，不肯停歇。

他甚至学起了烹饪，他说要让她多享点口福。

她有些不明白，男人的变化怎么这么快呢？

终于从朋友口中得知了他的病情。女人发了疯一样，迫不及待要卖掉房子给男人治病。被男人拦下了，男人说，生命的长短不重要，重要的是活的质量。这些年，感觉自己白活了，什么都没有为你做，什么也没有给你留下。我就是想多为你做点事情，怕有一天尽不到一个做丈夫的责任了。这些年，都是你宠着我惯着我，现在，也让我对你好一点吧。这样，虽然比别人的生命短，我也会很快乐、很幸福。

女人止住泪水，继续和他相敬如宾，恩恩爱爱地过着每一天。只是，忧郁在女人的心底蔓延开来，渐渐扩散到每一分每一秒。女人不甘心，总认为他的病来得有些蹊跷。在她的坚持下，他重新做了一次体检。结果正如她的预料，医生误诊，男人得的不过是肾结石而已。

一次误诊，让男人知道了自己是多么爱她。他甚至不舍得睡觉，拼命挤时间去尽一个丈夫的责任，他只想在所剩不多的时日里，为她营造尽可能多的幸福。

真相大白。日子按部就班地过着，唯一不同的是，男人已养成了做家务的习惯。男人常常开玩笑说，还真得感谢医生的误诊呢，不然，一时半会儿改不掉我那懒惰的毛病！

女人笑靥如花，在心底偷偷地想：自己也是个稀里糊涂的医生呢，差点误诊了她和他的爱情。

冒着热气儿的陀螺

近来事业上有些不顺，找不到发泄的出口，便常常在晚上和父亲通电话，不停地抱怨，说时下里的人际关系，冷得让人心寒。“如果你不主动和他们说话，这一天怕是都没有一个人搭茬儿。”我感慨着。“那么你就去做那个主动的人吧，又不损失啥。”父亲简单地开导我，接着就转移了话题，让我觉得父亲对我真是不够关心。

“你还记得咱家这儿，那个常年卖豆腐的会唱京剧的人吗？昨天，他死了。”

我当然记得，我对那个人印象很深。那是一个身材和武大郎差不多的人，打了一辈子光棍，每天推着自行车去集市上卖豆腐，他有一个喇叭，却从来没有听过他吆喝，而是把这喇叭当了麦克风，唱着韵味十足的京剧。人们听惯了，所以不用他吆喝，也会纷纷买他的豆腐。这一个行当，他竟然干了二十年，曾经油黑的头发如今被霜雪覆盖。我真是想不明白，这么个营生，怎么会令他如此执着。

“你知道昨天我们是怎么给他送殡的吗？你都猜不到，他或许预感到自己大限将至，临终前把一个老式的录音机交给邻居，里面都是他自己唱京剧的录音，他说给他送殡的时候，就放这个，他想走得开心点儿。”

我有些感动。

那个时候，小镇上死气沉沉，除了孩子们蹦蹦跳跳地玩着游戏，看不到大人们有什么娱乐。直到他来了之后，小镇上才开始热闹起来，他似乎把唱戏当成了主业，而卖豆腐则成了他的副业。在人们的喝彩声中，他更是扬扬自得，一曲接着一曲，不停地唱。

“可是，这和我有什么关系呢？”我终于忍不住“质问”父亲。

“我要说的就是这个。”父亲说，“你知道吗，他最开始卖豆腐也是吆喝的，和别人无异。加之他的身材长相，人们对他很是不屑一顾，别说有人和他说话，就是多看他一眼都会让他觉得是一种奢望吧。换了别人，怕是就那样活在世间的冰窟窿里了吧，可他偏不，他说他相信自己，会让小镇上的人不讨厌他，甚至喜欢他。果然，就像你看到的那样，他弄了个大喇叭，高声唱着韵味十足的京剧，还真是博得了人们的好感。他乐于助人，有什么能帮上别人的，总是不遗余力去帮。这么多年，他成了大家的朋友，大家都愿意和他谈心。昨天给他送行的人很多很多，黑压压一片，可没几个是他的亲戚，都是这么多年听惯了他唱的京剧的人啊。”

父亲渐渐把话题转移到了我身上：“周遭的冷漠，与你也有干系，你莫要一味地去怪别人的冷，你要先想想自己，是否也有足够的热量。你有多少生活热情，就会感染多少人。你看过打铁匠吧，他们把烧得通红的铁扔进冷水桶里，桶里的冷水便快速地热起来，往外冒着气泡。我相信你，不久之后，也会让那些冷冰冰的水都热起来。”

我忽然有一种茅塞顿开的感觉，那卖豆腐的矮子不就是一块烧红的铁吗？他怀揣着巨大的热情，终于使冰冷的周遭变成温暖的海洋。每一个人都应该做那样一块烧红的铁，让身边的水热起来，试着用自己的热情去感染别人。

在以后的工作中，我用火一样的热情为自己创造了许多不可估量的财富。我始终坚持一个信念，就算忙得不可开交，也要尽量去做一个快乐积极的陀螺，一个冒着热气儿的陀螺，用自己热情旋转的舞步，把身边的冷风都扇动起来，成为一股股爱的热浪。

身边的水凉不可怕，耳畔的风冷也不可怕，只要你是热的，那水，那风都会跟着一点一点暖过来。

玫瑰骷髅

时光呼啸而过，在一个人的门上刻下许许多多的心愿，打开门，你我仍在尘世，我仍是我，你依旧是你，只有门前那匹时间的白马日夜不停地奔跑，把飞扬的尘灰溅到我们曾经为之骄傲的苹果般的脸上。

不是我们放慢了脚步，确是世界走得太快。一场场诺言无法追赶的爱情，一双双眼睛无法看透的纸牌，我们围坐在命运的石磨两边，像两个对弈的老友人，默然无声，任凭时间从指缝里、长发间悄然流过。

或许有年轻的客人来访，让我们在霞光里猛然惊醒，可是执拗的心依然梦想着握紧拳头，就能把年轻留在手心，依然梦想着甩一甩长发，就能把爱留在今生今世。

可是我们老了，不得不用月光点亮过往的路，仿佛一切都是瞬间完成的，皱纹是悄悄爬上来的，头发是悄悄白的，牙齿是悄悄疏松的，心是悄悄静下来的。激情被碾碎，埋在身后的车辙里，所幸我尚能回想，那么多那么多美好的苹果，曾在我身前身后纷纷坠落，一派辉煌。而我尚未来得及去拾起，岁月就开始飘起雪花了。

我们就像两片叶子，虽已枯黄，仍倔强地赖在秋天的树上不走，等着年轻的风，重新唤醒生命底部那朵欲睡的玫瑰，等着碧绿的枝条，蘸着最后一抹阳光的血，为爱留言。

一生就这样过来了，仿若婉约之门里的一场花事：花开时惊心动魄，花落后寂静无声。一首诗说，花谢了，芳香依然在行走。只是，当玫瑰变成骷髅的时候，爱人那一颗温暖的心会僵硬吗？

遥远的岁月在我们身后流淌成河，上面泛着亮晶晶的思念。思念是用幸福与悲伤这两根毛线缠绕在一起织成的毛衣，温暖着我们一颗颗怕冷的灵魂。

那时，我劫持了你的盛情，把你输入我的心灵，成为我一生的天空。我们在少年的花瓣上就曾经相遇，像两滴露水的秘密约会，那时我不知道，从你身上取走的蔚蓝，够我度过多少无水的冬天。

那时，天空像一只巨大的竹篓，收留着云朵和一颗颗浪迹天涯的心。

我目送一个春天离去，又一个春天爬上我的胸膛。哪怕在一片简单的树叶上，也会排列着我们惊讶的眼睛。

那是餐风饮露，闻着天籁，嗅着泥香的年少时光。

现在的海都失去了旧时的蔚蓝，天空也因为欲望的侵袭而褪去了梦幻的颜色，在月亮升起之前，你想没想好，来世，你要做谁的玫瑰花瓣，做谁的爱人和心。

太阳仍在头顶，打点一切，帮我们拾起曾经丢失的一串串钥匙，帮我们扔掉一些腐烂的苹果。门外的雪花飘舞成纷飞的往事，门里的一炉旺火旁守着两个被瞌睡虫纠缠不放的老人。

炉子里的柴火噼噼啪啪地燃烧，我们像两个古代的木偶那样对坐着，渐渐忘了窗外的风雪，忘了远处喧嚣的红尘。我们的一生就是这样过来的，在每个早晨一起推开沉重的木门，在每个夜晚共同关上绿色的窗子，一起倾听各种乐器演奏出来的《梁祝》，一起救下不小心掉进水里的蝴蝶，一起守着一壶水的烧开，一起翻阅年轻时代那一本本发黄的相册……

我们攒下了足够挥霍的记忆，只要随意扯下其中任何一块，都够回味良久。

想养一只猫陪我们做伴，可是它睡眠的时间比我们还多；想养一阵风，训练它听懂我的口哨，结果我们却养活了一滴眼泪。

月亮是盛开在高处的玫瑰。在临终的时候，我依然会用这样的诗句赞美月亮、玫瑰和爱情。可是今夜的月亮是何等的瘦，让人不忍借她的光亮，燃起欲望的雪茄。

我没有财产要分配，没有遗憾要在最后的时光弥补，我只想再写一封情书，玫瑰骷髅，一个老人临终前的情书。

不管会不会遭到年轻人的笑话。

我们赖在秋天的树上不走，就是为了给爱留言。就像我枕边的手机，就要没电了，但仍旧不肯安歇，不时地发出“嘟嘟”的求救声。

恍恍惚惚，如同隔世，倦怠的心正在褪尽最后一层艳丽，生命中的激情似乎已经散尽，当玫瑰变成骷髅，爱情的芳香依然在行走，我们情愿岁月就这样将我们慢慢风化成两条将死的鱼，在小小的车辙里彼此呼吸，相濡以沫，我们用尽最后一丝气力相互搀扶，看着岁月的刀子一点点把我们的名字刻在同一块墓碑上，它们形影相随，紧紧依偎。

莫斯科不相信眼泪，相信玫瑰

1998年，我正在俄罗斯留学。那一年的情人节，莫斯科很冷，气温达到了零下38摄氏度，而且天空飘满了雪。尽管如此，兜售玫瑰的小贩们依然不停地穿行于大街小巷，让这爱情的信物无止无息地燃烧，温暖着那些置身于爱情中的人们。

我是个例外。那些玫瑰只会让我更加寒冷，因为我被失恋的旋风刮到了爱情的边缘。我开始怀疑，这漫天飞舞的誓言的雪里到底掺杂着多少谎言的碎屑？

我从伤心的咖啡馆里走出来，我刚刚在那里跟叶分手。多么讽刺，这分明应该是一个让情人们牵手的节日，而我却选择分道扬镳。我头也不回地走掉，我知道一切都结束了，就像身后的脚印，我走过，然后被厚厚的雪覆盖住，我忘记。

我漫无目的地走着，穿行在玫瑰和谎言的潮水中，无法靠岸。

“买束花吧，先生。”一个穿得很单薄的老妇人用干瘪的手轻轻拽了拽我的衣角。

“多少钱一束？”我随口问了一句。

“您看着给吧，感情是没法标价的不是吗？”

我微微一怔，没想到她会说出这样一句耐人寻味的话来。我抬头看了看她，冷风将她的脸冻成了酱肉般的颜色，却没有阻止她对我微笑。

她的小摊上摆满了红红的玫瑰，可是生意并不好。

我随手拣了枝玫瑰，想到自己失败的爱情，便往她那个装钱的纸箱里扔了1戈比，“我的感情就值这些钱。”我耸耸肩，无赖似的说。

那个数目相当于施舍一个乞丐。

我把花拿在手里，无人可送。我感觉到玫瑰异常刺眼，似乎在用它的高贵嘲弄我，我将它奋力地向空中抛去，红色的花瓣随着雪花一起飘落在街上。

这时那个卖花的老妇人从后面追上我，我想大概是我的举动侮辱了她。“我可是在每一片花瓣上都许下了祝愿的。”她埋怨道，“你不该这样糟蹋鲜花。”

“可是，”我嗫嚅着，“再也没有人要我的玫瑰花了。”我向她诉说了刚刚失败的爱情。

“去把那个惹你伤心的姑娘带来，我给你们讲个故事听。”她略带些命令的口吻说。

我有些犹豫，但还是拨响了叶的电话。叶披着雪来了。

“孩子们，”老妇人说，“这是我们这里家喻户晓的故事，可你们中国人未必听过。若不嫌烦的话，我就给你们讲讲。”我和叶不约而同地点了点头。

“卫国战争的时候，”她讲道，“我们这里曾经是战场。有一对刚结婚不久的青年男女，被迫要分离了，男的要去保卫祖国。临走前，他对她说，你就在这座房子里等我，我一定会回来。

“战斗进行得很激烈，也很残酷。一年后，他们的家乡也成了前线，按照上级的指示，当地群众必须全部撤离，但她没走，她记着他们的约定，她要守在这座房子里，她要等他回来。

“她成了前线的一名护士，而这座房子就成了战地医院，她和战地上的医护人员们一起冒着枪林弹雨，把受伤的战士一个一个地抬走，把死去的战士一个一个地埋掉。

“战争结束了，英勇的苏联人民取得了最后的胜利，但损失是惨重的，全国都沉浸在哀悼亲人的悲痛里。她守在那座房子里，一年，两年，三年……她始终怀揣着那个希望，她说他一定会回来，她在房子里种下很多玫瑰花，她把那座房子装扮得像天堂，她等着他回来，从一个少女一直等到一个老太婆……”

“最后她等到了吗？”我和叶同时问道。

“没有，可是那个希望就像是一盏灯，坚强地亮着，照耀着她的每一个夜晚。”老妇人接着说，“这个摊子上的玫瑰花就是从那里摘来的，每一片花瓣上都有祝愿的。我真不明白你们这些年轻人，这感情怎么说扔就给扔了呢？就像你刚刚扔掉的玫瑰花，看着让人心疼……”

我和叶都低下了头，我们彼此看到了对方微红的脸，两双手又叠到了一起。

我的脸忽然发起烧来，我为自己用1戈比买她的玫瑰花又随手扔掉而局促不安了，我感到自己像个急切地想飞起来的黑色的灰烬，到处是明晃晃的雪，到处是纯净的世界，只有我，这黑色的极不协调的灰烬，我想飞起来，可是没有风，我逃不掉。

我想到一个弥补过失的办法，我对叶说：“我们来帮她卖花吧。”

我们找到一块木板，在上面写下很诗意的一句话：莫斯科不相信眼泪，但相信玫瑰。

善良的人们纷纷前来，买走了一束束玫瑰。

天色渐暗的时候，我们的小摊上就只剩下两束玫瑰在燃烧了。

“这是天意，孩子们，”老妇人说，“你们看这最后的两束玫瑰，这是你们的，你们应该始终在一起，不是吗？”

我和叶捧起了那两束火焰，我们相互凝视的目光融化了很多雪花。我们从爱情的背面一步步地走回来，渐渐走到阳光明媚的早晨，渐渐走到布满草莓的春天。

老妇人把我们领进了一个天堂般美丽的房子，偌大的房子里摆满了盛开着鲜花的花盆。

“难道那故事里的主人公就是您？”我和叶像发现了神话一般问道。

“不，她早已去世了。我已经是第十二个住进这房子的人了。她在临终时说过，不论谁住进这房子，都请替她履行等待的义务，别让那些玫瑰枯萎。”

老妇人接着说：“每年的情人节，我都会拿一些玫瑰花去卖，我想攒些钱把房子好好修葺一下，我待不了太久，我能做的只有这些了。”

我和叶几乎同时想到了要住进这房子中来，这里生长着永不泯灭的生生不息的爱。它让我们一颗颗冰冷的心慢慢解冻，让所有的明天都温暖如春，在它的火焰里，我相信自己最终也会挺立成一株顽强的玫瑰，用誓言去击败谎言，用真爱去唤回真爱。

莫忘樱桃，不负芭蕉

流光容易把人抛，红了樱桃，绿了芭蕉。

青春易老，一不留神就从眼前飘过去了。留神了又如何呢？青春一样不会慢下脚步，一样是迅疾的，像骑着单车飞奔的少女，长长的马尾辫被甩在身后，马上要掉下来的样子。

一个朋友和我说，时光很宝贵，又很琐碎，有时候想要珍惜它，又不得不沉入它的琐碎里，慢熬。我说，多少人都是走不出自我的。多少人，都是在原地画着圈圈。好像一直在走，其实只是原地踏步而已。什么才是真正的行走？要看你带走了多少风声，要看你存储了多少鸟鸣。

还有一个朋友忽然说自己有些“恐生”，不是怕见生人，也不是孕妇怕生小孩儿，而是怕恐惧地活着。他说人到中年，就开始遭遇各种亲人离去的噩耗，这让他有些受不了，他说希望自己能在他们之前先死去，那样他就不用这样担心和害怕了。

我不知道这都是怎么了，好端端的人为什么都要躲到晦暗的角落里去，晒晒太阳不好吗？可以补钙，可以杀菌，可以享受阳光浴，把皮肤晒成健康的古铜色。

我告诉这位“恐生”的朋友一个电影里的老人讲过的故事：一个人在年轻时想过自杀，在凌晨来到一个樱桃园里。为了系自缢用的绳索，爬上了樱桃树。然后尝了一粒樱桃，于是这粒樱桃的滋味让他活了下来。

樱桃总有落的时候，我的脑海中便浮现出一种假设：当樱桃变成了樱桃罐头，是樱桃们重新活过来了吗？

悲观的人和我说，悲催的人生就像老鼠过街，提心吊胆；乐观的人和我说，骄傲的人生就像孔雀开屏，招摇过市。

我对他们说，人生不只有悲观和乐观，还有顺其自然。悲命可以，莫要悲心。阳光在，树在，花在，爱意充盈，世界的缺陷和曾经的伤害，暂且可以既往不咎。

上帝的可爱，不只是因为他创造了生命，发明了死亡，更是因为他在从生到死的路上，撒遍了鲜花，铺设了美景。

红的樱桃，绿的芭蕉，都是绝美的好时光。我们怎忍辜负呢？

我对着空白的纸说：倾诉吧，有什么样的委屈，什么样的怨怼，都说出来吧。说出来之后，就欢快地奔跑吧，或者愉悦地散步，别弄皱了时光。

流光容易把人抛，莫忘樱桃，不负芭蕉。

莫要辜负尘世的茶香

和一个编辑朋友聊天，说到喝茶。她说她最近常常喝玫瑰花茶，看着小小的花骨朵，泡在透明的玻璃杯里，慢慢地涨开。花瓣的边缘有些变淡了，轻飘飘地浮在水上。而水的颜色变成了淡淡的金黄色，说是金黄色，又有些不大确定，类似于从云的缝隙中投射出的阳光，使云朵镶了一层边，那种介于金黄和透明的颜色，特别好看。慢慢涨开的花骨朵，就像一条小小的章鱼，兴奋地张开所有的触手，妄图给这个尘世一个满满的拥抱。

除了玫瑰花茶，她还喜欢喝玫瑰茄，对于玫瑰茄，她亦有自己的一番感受。她说，玫瑰茄泡在水里，像一滴红钢笔水掉进水里，那颜色就缠缠绵绵地抽出丝来，那水便渐渐红得妖冶起来，如寂寞的红颜咯尽一世的相思，对镜点出的一朵腮红，正如她的另一个名字那样动人心旌：洛神花。

“然后我就想，要是给您喝，一定又会写出美妙的文章来吧！”

我说是啊，如此，也就不辜负那美美的小花骨朵了。如此，便不辜负那妖冶的红，不辜负那弥漫心间的茶香了。

品茶即品世，认真去体会，用心去生活，便可品味弥漫在尘世中的茶香。

妻子的三妹在乡下，是几个姐妹当中最困难的。在城里的姐妹们总是不停地接济她，时间久了，总觉得欠着我们大家许多。每年都辛辛苦苦地养一些鸡鸭，分咸鸭蛋每人一份，送冻豆腐每人一份，总之不管什么，每个姐妹都是平等的份额。今年冬天还没有完全来到，好像又已经迫不及待了，早早和妻子打招呼："大姐，你安排时间回来吃大鹅。"我们都忙，这事儿说完就放下了，直到三妹再也按捺不住，又一次打电话给妻子，可是城里的几个姐妹要么这个没时间，要么那个有事儿，接连几个星期，三妹的电话到了周五晚上就会准时打过来，千篇一律的一句话："明天能来吗？"妻有些不耐烦，本打算直接说不去了，却被我制止，我说那是三妹的一份心意，不管咱平时吃腻了多少山珍海味，都该去。要不三妹该难过了。人和人之间的相处，不管是朋友还是姐妹，总要为对方想一想，尽量不要辜负别人的美意。

于是，我们出发了。

这姐妹间的情谊，便如普洱，弥漫着厚重淳朴的茶香。

我居住的小区，有一个拾荒的老人，孑然一身，孤苦伶仃。住在一个简易棚子里，夏天蚊虫叮咬，冬天寒风肆虐。夏天还好些，冬天最难熬，呼号的北风，似乎时刻准备着将他的小棚子连根拔起。小区里的人看着揪心，有钱的出钱，有力的出力，弄来一些沙子水泥和旧的门窗，帮老人建了一个小房子，虽然不大，总算可以抵御寒风。有人为他买了煤和柴火，还有人送来了一些米面。傍晚时分，人们下班路过这个小屋，看到屋子里灯光亮着，心也就跟着明亮了起来。屋顶上一缕炊烟正探头探脑地冒出来，寒风歇斯底里地试图将它扯碎，却一次次无功而返，因为它有一个温暖的根。

老人感激我们，却苦于找不到报答的方法。老人喜欢唱戏，一个阳光晴好的日子，他拿出箱底一把多年不用的二胡，在广场边上拉了起来，并声情并茂地唱了几段京剧。每唱完一段，他就要说出一些感谢的话，浑浊的泪不停地在他脸上流过。我路过的时候，已经聚了许多人，我没有离开，静静地听他唱完，使劲地为他鼓掌。我知道，静静地去聆听，便是没有辜负这个老人那颗感恩的心。

这陌生人之间的情谊，便如乌龙，弥漫着温暖贴心的茶香。

十多年没有联系的阿辉突然寄给我一个邮包，打开后着实让我震撼了一把。那是我这些年发表在博客上的文章合集，都是他自己打印出来的，自己做了封面，还配了插图。原来，一直以为他已经将我遗忘，殊不知，他一直默默地关注着我。依着十年前的电话打过去，竟然打通了。并非想象中的久别重逢的兴高采烈，而是平静如水的寒暄：

“这么多年都没有换号码啊？”

“是啊，那是给老朋友们留的一条小路，想我了，可以顺着它找到我。”

“什么时候回来，我们一醉方休。”

“不远的将来。在这之前，请彼此珍重。”

他说他喜欢我的文章，作为一个读者，他希望我不要懈怠，继续写出更多的美好和温暖来。我狠命地点头，我知道，唯有写出干干净净的字，才不会辜负那些喜欢我文章的人。

这朋友之间的情谊，便如龙井，弥漫着清爽甘洌的茶香。

人间冷暖分明，时而热闹喧哗，时而清冷寂寥；人间烟火缭绕，时而向东，时而向西；人间有难闻的气味，也有于暗处涌动的茶香。如果茶香被囿于一扇门里，那么善良就是开启那扇门的钥匙。人心向善的那一面，有乐感，有茶香。

好好爱自己，认真爱别人，莫要辜负了尘世里向你滚滚奔来的一缕缕茶香！

母亲的风景

母亲的糖尿病越来越严重，导致她的视力迅速下降。我们做了种种努力，去了很多医院都无济于事。看到我们愁容满面，母亲竟主动开导起我们来："就算看不见东西了也没啥，不耽误吃不耽误喝的，而且还少看到你们毛手毛脚的，也就省了我唠唠叨叨，还不好啊！"我们苦笑，我们都习惯了她的唠唠叨叨，从最初的厌烦到后来的接受，再到如今的眷恋，母亲的唠叨已成了我们灵魂里的音乐，不敢想象，等有一天她不再唠叨，我们的生命将会失去多少可爱的音符。

哥哥姐姐们商量着要带母亲去旅游，只想让她在失明之前看看更多美丽的风景，为她的记忆里添加更多的东西。那样，她的记忆里总不至于那么枯燥吧。我主动提出领着母亲去，因为平时太忙，数我陪母亲的时间最少，而且兄弟姐妹们当中，母亲是最偏爱我的。

我把工作安排好，请了两个月的长假，准备陪母亲去游览祖国的大好河山。母亲自然是欣喜万分，不住嘴地唠叨起来："你平时那么忙，这怎么说请假就请了这么长的假呢，快和妈说说，是不是工作不顺心了？"

"再忙也没有陪妈妈重要。"从小就嘴甜的我总能哄妈妈高兴。

我们大包小裹地上路了。一路上，因为母亲眼神不好，照顾起来十分不便，但我仍然很快乐。母亲看我忙里忙外的，很是内疚，在车上尽量不喝水，因为怕上厕所。

北京、西藏、云南……两个月里，我带着母亲去了很多地方，母亲每到一个风景胜地，都如饥似渴地睁大已经有些模糊的眼睛使劲地看着，一副努力要把整个世界都看进眼里的架势。我则不停地为她拍照，母亲在每一个镜头里都笑靥如花。

那一刻，我感觉母亲年轻了许多，脸颊上仿佛镀着少女的红晕。

每次回到旅店，母亲都要从头开始，一点一点把当天看到的风景在脑海里过一遍。

“知足了，一辈子都没看过这么好的风景。”她喃喃地说。

母亲多容易满足啊，我心生内疚，平日里忙来忙去，总是抽不出时间陪母亲看看风景，而现在，母亲的眼睛累了，就要关紧这扇窗户了。

路走多了，母亲的腿肿胀得难受，我为她打来热水泡脚，一边为她按摩，一边兴致勃勃地计划着下一步要去哪里。母亲听着听着就睡着了，我不知道，自己这样的强迫算不算一种不孝，因为这样的奔波实在让母亲有些吃不消。

这就好比是强行往母亲的脑海里塞一些回忆的碎片，这到底有没有意义呢?

我也累了，很快就睡着了。迷迷糊糊中做了很多梦，梦见了小时候，手握着风车，和母亲一起在田野里飞奔，母亲把我高高地托起，转着圈儿，阳光被卷进风车里，一朵朵阳光像棉花糖，温暖甜蜜得让人晕眩……不觉得在梦中吃吃地笑出声来，蒙眬中感觉到一双手被暖暖地握着。是母亲，安静地坐在我的床边，我偷偷地把眼睛眯条小缝儿，看见母亲使劲地大睁着眼睛，定定地看着我，仿佛要把我整个儿地印到心里去。想起儿时，母亲也是习惯这样看我的啊，那时候经常停电，母亲总是拿着蜡烛，到我床边来，总是要认真地看我一会儿，直到我睡着，在梦的波浪里卷起幸福的鼾声。

我的眼泪不由得就流了出来。在母亲眼里，自己的孩子才是世界上最美的风景啊，可以令她美滋滋地，一生都看不够。

我忍着不让母亲看到我醒来，我喜欢被她的手握着，这双沟壑丛生、粗糙干硬的手，牵引的却是我柔暖光滑的一生！

第二天，我们养足了精神，接着去看风景。在半山腰，我们坐下来，我问母亲今天的风景好不好，母亲说："孩子啊，就算妈看遍了天底下的风景，也不如看你啊！只要有你在，哪里都是好风景。"

是啊，这就是母亲，她看到的哪里是什么风景，她看到的全是自己的孩子。当你牵着她的手，就像小时候她牵你的手一样，她知道她得乖乖地听话，她不能辜负了你的这份孝心。

这就是母亲，就算摸索在黑暗的谷底，也会有力地握着孩子的手。如果我觉得寒冷，她宁可敲碎自己的骨头，为我燃起一堆大火，为我取暖。

我知道，从一出生开始，我们就已深深地烙印在母亲的生命里，即便母亲失明了，儿女们也是她时时可以见到的风景。

原来，母亲的记忆从来就不需要填充，因为孩子们早已将那里占得满满的，不留一丝缝隙。

那一滴挤疼了大海的眼泪

一滴水，无法挤疼大海，一滴眼泪，却会！

有一次，母亲在午睡时做了一个梦，梦到我掉进了井里，旁边一大帮人，却没有人去救。母亲赶到了，毫不犹豫地跳进去救我，把我救上来，自己却死过去了。她隐隐地听到人们说：“只有当妈的才能这样啊，把孩子救上来，自己却死过去了。”

母亲在睡梦中惊醒，她感到这个梦很不吉利，眼皮也不停地跳，她担心我会发生什么事情，便迫不及待地给我打电话，可是我在午睡的时候有关机的习惯，母亲就一遍一遍地打，一直打了两个小时，我才开机。

电话通了的时候，母亲在那边像孩子一样“哇”地哭了起来。听完母亲诉说的那个梦，我深深地自责起来。对于母亲来说，无法和孩子联系的这两个小时，是多么漫长。

母亲叮嘱我最近要多注意点儿安全，又一再地安慰我，说梦都是反的，梦见灾难就证明平安，没事的。

这就是母爱吧，她宁愿相信一个不真实的梦，并陷进自己假设的劫难里，难以自拔。

从那以后，我不再轻易地关机，因为我怕母亲再做那样可怕的梦。

那一声“惊天动地”的哭泣，着实把我吓了一跳，我分明看到了在哭泣声后尾随而来的那滴眼泪，浑浊、咸涩，却又那么晶莹、甘甜。

看过一篇文章，说一个失去老伴的父亲，内心充满了悲伤，可是他又不得不在儿女们面前强装笑脸，免得让孩子们替他担心。后来，儿女们发现父亲喜欢上了吃洋葱，他总是一个人在厨房里默默地剥洋葱，眼里满是泪水。孩子们问起的时候，他说是洋葱太辣。其实，他是在找一个借口流泪，给心底的悲伤找一个流淌的出口。

有一种男人，宁可忍耐野火把心烧焦，也不会让火星溅到爱人的发梢；有一种男人，心里藏着一汪重洋，流出来的，却只有一颗泪珠！

我的父亲也是个刚强的父亲，我见过他唯一的一次流泪也是因为我。

那个秋天，我被一个发了疯的酒鬼连刺了四刀，多亏好心的邻居相救，才得以保住性命。在重症监护室里三天三夜昏迷不醒，醒来第一眼，我就看到了父亲。而当看到我终于醒来，父亲的一滴泪重重地砸到我的脸上，继而转身向外狂奔，语无伦次地对亲人们喊着：“孩儿醒了，孩儿醒了……”

后来我才知道，当听说了我的遭遇，正在田地里干活儿的父亲风尘仆仆地从老家赶来，竟然连衣服都没来得及换，上面满是泥点子和汗渍的酸味。母亲哭了一道儿，他训斥了一道儿：“你号丧个啥，儿子没事儿也被你号出事儿了。”话虽如此说，心里早已七上八下地没了谱儿。

父亲，这个刚强了一辈子的汉子，天灾令他颗粒无收时没流过一滴泪，上山砍伐木头被大树压断了腿时没流过一滴泪，听说我出事儿时没流过一滴泪……在确认我醒了，重新活了过来的时候，终于哭了一次。那一滴砸在我脸上的泪水里面，蓄着父亲满满六十多年的沧桑。

现代舞之母邓肯的一生充满了太多的悲凉，一天之内，她的一双儿女就被汽车葬送于莱茵河中。她在自传里悲伤地写道：“在人的一生中，母亲的哭声只有两次是听不到的——一次在出生前，一次在死亡后。当我握着他们冰凉的小手时，他们却再也不会握我的手了。我哭了，这哭声与生他们时的哭声一模一样。一个是极度喜悦时的哭声，一个是极度悲伤时的哭声，为什么会一样呢？我不知道为什么，可我清楚这哭声真的是一样的。在茫茫人世间，是不是只有一种伟大的哭声，孕育生命的母亲的哭声，既能包含忧伤、伤痛，又能包含欢乐、狂喜呢？”

一滴水，无法挤疼大海，一滴眼泪，却会！

因为那一滴滴眼泪里面蕴藏着无穷无尽的情感的风暴。

步步登高的花

步登高，极俗极艳的一种花，像一个浓妆艳抹的女人，一个心地善良，怀揣着一切美好的愿望奔波在滚滚红尘的女人。再大的风雨也洗褪不去她的艳丽，她像火苗，有一颗始终朝向阳光生长的心。

第一次听到步登高这个欢天喜地的名字，是奶奶告诉我的。那时候家里很穷，常常是吃了上顿愁下顿，院子里所有能利用的地方都被开垦种上了蔬菜。可就是这样，奶奶仍然会在这些“黄金地段”里辟出一块小窄条来，种上这种叫步登高的花。奶奶说，种上步登高，会保佑我们步步登高，越过越好。

奶奶很虔诚，年复一年地种同一种花，仿佛种下了对未来的憧憬。

步登高，带着她瑰丽而又平凡的梦想，盛开在人生的花园里。在那个灰暗的年代里，艳丽的步登高曾经拨亮了我们心里一盏盏微弱而又灿烂的火苗。

很小的时候，我们懵懂无知。母亲说奶奶是地主出身，让我们和她划清界限。于是，我们总拿奶奶当敌人，越是奶奶喜欢的东西，越是要想法子破坏它。一次，我故意绊倒了几棵步登高花，奶奶很生气地说我不懂事，然后把绊倒的花一棵一棵地扶起来，又用线绳绑在一根根小木棍上，细致呵护的神态像是在照料婴儿。我却躲在一旁，幸灾乐祸地笑。

奶奶不是我的亲奶奶，是爷爷后娶过来的。母亲与奶奶的关系不好，常常会剑拔弩张。爷爷在中间总是一言不发，他不管奶奶，也不训斥自己的儿媳，不过只要爷爷一出现，战事就会稍微平息一些，毕竟母亲是有些惧怕爷爷的。奶奶仗着爷爷这棵树，也算过了几天享福的日子。自从爷爷去世以后，境况就大不一样了，母亲没了顾忌，遇到不顺心的事就找奶奶的茬儿，奶奶也是个刚强的人，两人就你一言我一语，互相中伤，害得家无宁日。

受母亲的影响，我对奶奶的印象一直不好。奶奶喜欢干净，整天拿着扫帚扫来扫去，母亲就说她是“扫把星”，把爷爷克死了，还把我们朱家的财运扫跑了。她们吵架的时候，我自然是帮着母亲。为了母亲，我甚至骂过奶奶，我骂她老妖精，那是母亲嘴里经常冒出来的恶毒的词儿。

当然，母亲和奶奶之间也不完全是战争。母亲心情好的时候，对奶奶也会和颜悦色些。那时候，我就会被允许去奶奶屋里。我是很乐意去的，因为奶奶有一个神秘的大箱子。

在我眼里，那就是一个百宝箱。奶奶总会像变戏法似的从里面翻出来很多好吃的，比如糖块，比如发硬了的蛋糕。奶奶拿着好吃的，一个劲儿地让我喊她奶奶。我使劲拨浪着脑袋，叫不出口。奶奶很伤心的样子，却依然会把好吃的给我吃。其实那些东西都是奶奶生病的时候，邻居们送过来的，奶奶不舍得吃，放进了箱子里。到最后，都进了我这个小馋猫的肚子。对此，我却没有一丁点儿的感激，也没有因此而叫过她一声奶奶，毕竟母亲灌输给了我太多对地主和剥削阶级的仇恨。

在这样“战事频繁”的境况下，奶奶仍旧不忘栽种她的步登高花。我想，她在栽种步登高花的时候，一定是怀揣着心愿的，她最大的心愿大概就是希望母亲能宽容地对她，让她在有生之年再享受到一点点温情吧。

上初中的时候，我已经能够理性地看待奶奶和母亲之间的恩怨了。有一次，我看见奶奶拿着抹布不停地擦拭着爷爷的遗像，眼里噙满泪水。那一刻，情感的天平第一次倾向了奶奶这边。我忽然觉得奶奶很可怜。根据这里的习俗，死后只有原配夫妻才能葬在一起，奶奶不知会被葬到哪个孤独的山头上，与爷爷永世相隔，这是奶奶长久以来挥之不去的忧伤。

在我心里，奶奶一直都是很神秘的，因为她不会挣钱，可是却总能给我一些零花钱。奶奶是怎样攒下钱的，是一个无人能解开的谜。奶奶常常询问我的学习情况，如果哪次考试考了百分，奶奶就会格外地多奖励我一些零花钱。为了奶奶的这个奖励，我在无形中努力学习，这或许是我一直以来学习都很好的一个原因吧。

除了吃奶奶的食物和去领奶奶奖励的零花钱的时候，能和奶奶在一起说说话之外，其余的时间我很少去她的房间。奶奶一直都是一个人待在她的房间里，悄无声息。她唯一的乐趣就是和那些步登高待在一起，她常常拿着一个小板凳，坐在那些盛开的步登高中间，无声地晒着太阳。那时已是秋天，可是步登高却开得正盛，她有不愿凋残的个性，似乎有个永远年轻的蕊，不断不断地向外绽放着花瓣，直到深秋，直到冬天来叩门的时候，才极不情愿地纷纷谢幕。即便如此，步登高的花瓣依然鲜艳如初，像那些被精心处理过的标本。奶奶会将她们折下来，放到她的黑屋子里，装点一下她晦暗的生命。

整个冬天，奶奶足不出户。

为了能让我多陪陪她，奶奶会不停地翻弄她的箱子，不停地找自己藏起来的好东西给我。有一次，奶奶翻弄了半天，竟然找到了一瓶糖水罐头！看着我垂涎欲滴的样子，奶奶又一次让我喊她奶奶。我禁不住那瓶罐头的诱惑，索性说了一大串奶奶。奶奶开心极了，一把抱住我，喃喃低语着："俺的好孙子，俺的好孙子……"然后盘腿坐在炕上，美滋滋地看着我吃。可是我吃了一口就吐了出来，罐头是苦的。因为放的时间太长了，罐头已经变质了。母亲知道了，一把抢过我手里发了霉的罐头，扔出去很远，一边大声地训斥奶奶，说她没安好心，存心要害我，要我以后不要再吃她的东西。母亲往外拽我，我回头看到奶奶哭了，浑浊的泪水肆意流淌在她满是皱纹的脸上。

又一年，大片大片步登高开得烂漫的时候，奶奶去世了。临终时，她嘴里喃喃不休地念叨着什么，仔细听来却是"步登高"三个字。原来，在我们这里，步登高是心愿之花，死去的人如果用步登高花瓣铺床，生前许下的心愿就会实现，奶奶一生的心愿大概就是能和爷爷葬在一起吧。我们把院子里所有的步登高花全都摘了回来，一瓣一瓣铺满奶奶的床。

艳丽的步登高为这个灰白的早晨带来了一丝暖色，它会引领奶奶步入天堂吗？

看着我们把步登高花瓣铺满了她的床，奶奶松了一口气，摩挲着我的头吃力地说着："这下好了……孩儿……能……考上大学了……"我心头一震，没想到奶奶临终时最大的心愿竟是为了我这个不孝的孙子。当时我正面临中考，奶奶一直在为我祈祷，而我竟浑然不觉。那一刻，一股巨大的疼痛如同暗礁猛烈地撞击着我的心，我才感知到，我正在失去一位至亲至爱的人！我扑到奶奶身上，声嘶力竭地唤着"奶奶"，这是我第一次也是最后一次真心地喊她“奶奶”。奶奶微微翕动了一下嘴角，我知道奶奶是在微笑，奶奶在微笑中安详平静地闭上了双眼。

下葬的时候，母亲愧疚地对父亲说：“娘生前命苦，俺没能好好待她。死后就让她享点福，咱把她葬到父亲的坟上去吧。”

奶奶去世后不久，我顺利考取了县重点高中。全家人都相信，那是奶奶保佑的。步登高从此也就成了我们家的“家花”，年年都种。步登高，她很俗很艳，但我相信她是很吉利的花，每年到了祭奠先人的日子，我都会摘下一大把放到奶奶的坟上，陪奶奶说说话。

每一次，我都会在那些花瓣中间依稀看见奶奶的影子。

拈起生活的盖子

换了新房子，母亲从乡下赶来帮忙。搬家当天，刚好六点钟的时候，我和妻子还没睡醒，母亲就已经把电饭锅从旧家搬到了新家。按照习俗，锅里要放上一些高粱或者玉米之类的粮食，以预示日子“节节高”之意。可是当妻子掀开锅盖，看到里面只有一块儿很小的昨晚吃剩下的发糕，不禁有些不高兴了。她嘴里不停地埋怨母亲，说母亲破了习俗，担心以后的日子会有诸多不顺。我在心里也直嘀咕：母亲是怎么了？这么大岁数了还不懂搬家的习俗吗？母亲在那里不停地搓着手，像个做了错事的孩子，不知该如何是好。后来我打趣道：还是妈妈心细，这发糕的意思不就是让我们一边“发财”一边“高升”嘛！听到这样的解释，妻子改怨为喜，还不停地谴责自己错怪了母亲。

不禁有些后怕，那万一锅里放的是一块锅巴呢？纵使我有三寸不烂之舌，怕也是无法搪塞过去的吧。

二十年后的同学聚会，见到年少时一直暗恋的她，风韵犹存。只是待她一张口，味道全变了。那些脏话从美人的口中冒出来，就像吃着美味，忽然撞见了苍蝇。不觉感叹人世造化，物是人非。

这回忆莫不就是一个蒙着盖头的美人吗？你只消静静地去观

赏吧，不要掀开那盖头，问，吃了吗？不等作答，已然先放了一个突兀的屁出来。

看过一首叫《喂鸽子的少女》的诗歌，甚是喜欢。诗中写道：

“残损是生活的宿命　唯你弥补
鸽子飞翔的弧线　切割
铺满苔藓的石头　渗出　太阳的血
你的目光　是太阳的　光辉
生命　随之转了180度
少女的忧郁　是　莫名的
空气清晰起来　你的手指是神的
拈起　生活的盖子”

诗中的描述是美好的，然而生活远比诗歌要现实得多。

每天擦不完的灰尘，每天数不清的埋怨。和镜子比起来，灰尘似乎更贴近我们的生活。有时候，它甚至可以代替镜子，照出我们的前世今生。

拈起生活的盖子，你或许会看到蒸熟的馒头或包子；拈起生活的盖子，你或许会闻到令人作呕的下水道的味道；拈起生活的盖子，你或许会听到幸福的彩铃；拈起生活的盖子，你或许会漾出欲望的泡沫……

拈起生活的盖子，你看到蜜蜂终日奔忙终日酿蜜，却不占有蜂蜜；拈起生活的盖子，你看到一些穷人紧紧护着钱袋，成功地躲过了一次偷窃；拈起生活的盖子，你听到大人们在不断地向孩子们解释：不是蛇，是绳子，不是狐狸精，是阿姨；拈起生活的盖子，你发现幸福被人抢占完了，只剩下谁也不要的痛苦。

拈起生活的盖子，你看到爱人头上大簇大簇的白发，那是光阴的债务。两个人相濡以沫几十年，彼此的眼里长满了老茧。拈起生活的盖子，你流了一滴泪。多少河流的水，涌入大海，都不会使大海拥挤。但你的一滴眼泪，却挤疼了大海。

拈起生活的盖子，如同打开一本心仪的书，下一页，在纸的背面。像绳索，拎起一串人物命运的不可逃脱。拈起生活的盖子，如同打开当下的生活，第二天，从今夜翻过。像小说，延续着终结前的不可捉摸。

你不该是一朵奔向黑暗的花儿

高二时我们班转来一个很漂亮的女孩子，但却是个失聪的人。当时我们没有给予她一点点关爱，她听不到声音，我们反而肆无忌惮地嘲笑她。她也许从我们的眼神中看懂了一切，几天后我们再也没有看到她。后来听说她辍学了，因为她转学七次，七次受到打击，她渴望的是友爱和帮助，可是我们却深深地伤害了她。我们班，是她最后一个停靠的地方，可是在那里，她依然没有寻找到她要的温暖。

记得有一次，我坐在学校后花园的石凳上吹笛子，她路过，竟然在离我不远的另一张石凳上坐下来，托着腮，静静地“听”。落叶轻轻地顺着笛声飘落下来，有一枚落到了她的发梢，她没有觉察，仿佛整颗心都沉浸在我的笛声里。看到我停下来，她真诚地向我点了一下头，示意我接着吹下去。我感到很可笑，她怎么能听得见呢？我并没有在意，我行我素地接着把我的曲子吹完。

我指着我的笛子，做了一个“你听得懂？”的手势，她用笑脸回应我，并把手指向自己的心。那一刻，我第一次感觉到，没有声音的世界，其实也很美。正因为没有声音，才能想象出各种声音，时而软语缠绵，时而激荡雄浑，她一个人可以去享受她自己内心的天籁。

让我意想不到的是，在她辍学后不久，我收到了一封她的来信，她说她再也不能回到这里了，她青春的梦就此断得一干二净。她说她恨这个地方，也爱这个地方，她说她不能忘记我吹笛子的样子，她说感谢我，为她吹完了一首曲子，而不是半道离开。她说她听到了笛声，是用心来听的，笛声很美！

她的信没有落款，没有地址，就像秋日里的一声叹息一样，随着叶子，落进泥土里，终不可寻。后来，我多次试图找到她，都无果而终。她走得毅然决绝，不给我们一点儿弥补的机会，让我们的灵魂漏下一个不大不小的洞。

我们那一个个嘲弄的眼神，着实是伤人的，就像一把刀，剜着她的自尊。而她用她的离开为自己保留了尊严，无声的尊严。

很多年过去了，去年的同学聚会，终于有人说见到她了，说她辍学之后嫁给了一个跛脚的男人，日子过得清苦极了，在大街上如果见到了同学都会躲着走，她怕再次受到嘲弄，她的生命已经是千疮百孔了。

我们沉默不语，深深的内疚撕咬着我们的心。

小学时的某一年，学校有史以来第一次给学生们配发校服。家长们当然会抱怨几句，但牢骚也都只是挂在嘴边，校服费最终也都塞给了孩子们。当然，一切好像理所当然，和那条奇怪的“没有穿校服就不能参加儿童节庆祝活动”的学校规定无关。

儿童节那天，我穿了新校服步行去学校。快到校门口的时候，看见某个老师一把一把地推搡着一个女生，那女生被驱逐到离校门几步远的地界，老师不再理会她，转身走回。

我不知所措地站在那里，隔着不远的距离，看着那女生。

我知道她，她的母亲给她生了一个弟弟，也因为这个原因，她的父母被双双开除公职。在一大群孩子中，这姐弟俩太容易被认出了，他们的衣着、他们的表情、他们莫名其妙被同学们排斥。姐姐常常牵着弟弟的手，急匆匆地走着。我曾经见过他们俩赶到闹市中母亲摆的茶水摊帮忙。

那女生被驱逐的原因很明显，她没有买新校服。她穿着旧衣，微低着头，表情沮丧、惧怕甚至有了愁苦的味道。而透过不远的校门，大群穿着新校服的孩子嬉笑着，等待庆祝活动的开始。她的忧伤就那样轻快地，不易察觉地，像香烟一样不动声色地散开了，渐渐看不见，但我仍然闻得到它的味道。

她看见我没有？大概没有。或者，她无暇顾及我。那时，我也不过是个沉默的小孩儿，偶尔会被大人们突然爆发的粗暴和不耐烦惊得瞠目结舌。很多年后，我才真正明白，这个女生所忍受的巨大委屈，即使当时从天而降一套新校服，也弥补不了她所承受的一分一毫。

我不敢想象，那个女生，从此以后，还是否能够平静地生活？ 或者就此，滑向无边无际的暗夜。就像我那个失聪的同学一样。

而她们，本不该是一朵朵奔向黑暗的花儿。

小满

小满。我呼唤你。使用着不同的谐音：小满、小曼、小蛮……只要和你相近的，都会变得亲切。

——小满

不惊慌的雨

他是美院的高材生，在公园里，他要完成一个人物写生，他需要一个模特。他问了几个人，却无人应。迷信的人说，把一张美丽的脸画到画布上，画得越惟妙惟肖，那个人被抽走的魂魄就越多。他想，难道这些人都是迷信的吗？

直到她的出现。

她坐在那里，本身就优雅得如一幅画。他的请求，她大方地同意了。“请保持这个姿势。”他珍惜这得来不易的机会，在画布上迅速地画了起来。

天公却不作美，有些要下雨的意思。而他还没有画完，一滴雨便落到她的脸上，她却一动不动，甚至连眼睛都没有眨一下，依然保持着优雅的姿态。雨点渐渐多了起来，她也没有惊慌，直到他画完。

他又感激又愧疚，她说，只是溅了那么几滴雨，不碍事的，我倒觉得，这几滴珍贵的雨，若是溅到你的画里，会为你的画增色不少呢。

她的话令他心头一震，是啊，为何不把这珍贵的雨滴画进去呢？他重新润色修改了他的画，落在那女人脸上的那一滴雨，把她映衬得更为美丽。

他给这幅画取的名字是——《不惊慌的雨》。

小时候家里穷，住的房子很破旧，屋顶上常常漏雨。所以，每到下雨天，炕上地下就摆满了盆盆罐罐，用来接滴滴答答的雨水。父亲修了好多次房顶，可是下雨天依然漏水，这让父亲很是头疼。

其实，主要原因就是父亲不舍得花钱，每次都是用仓房里那已经失效的半袋水泥，这样的水泥自然无法起到作用，可是他总是固执己见，说水泥哪有过期的，他的固执导致他一遍一遍地爬到房顶，家里却照常摆满盆盆罐罐。母亲说过他几次，也拗不过他。

我第一个月的工资，没有给父母买一样礼物，也没有上交给父母，而是自作主张，买了一些新瓦和水泥，雇了一个瓦匠重新修葺了房顶，顺便把屋子重新粉刷了一遍。我是趁父亲不在家做这些的，先斩后奏，就算父亲想训斥我也来不及了。

从那以后，我家的房顶再没有漏过一次水。自然，屋子里也干净整洁了许多，让人心情好了许多。

不管再下多大的雨，也不必担心了。下大雨的天儿，父亲盘腿儿坐在炕上，一边美滋滋地喝着小酒，一边感叹："早应该这么修修了，为了省那点儿买水泥的钱，活受了多少罪！"

我的想法是，这房子可以漏雨，日子却是万万不可以漏雨的！

想起小时候，和父亲一起出门，忘记了带伞，结果中途遇到瓢泼大雨，我们只好到一个水果摊的大阳伞下避雨。我担心地望着外面的雨，父亲却依旧不改他幽默的品性，他用瘦小的身躯挡在我的外面，摩挲着我的头说："莫慌，我们不急着赶路，雨着急，那就让它先走。"

我记住父亲的话，就像记住一滴珍贵的雨点，它落进了我的灵魂里，给了我一份警醒。从此，下雨的时候，不再担心自己没有雨伞，因为雨，总有停的时候。

我不慌，雨也不慌。各自守着各自的轨迹，顺应天意。

周杰伦说，八卦像大雨，总有停的时候。我想，若是阮玲玉也悟透了这个道理，断然不会用自己25岁的生命和"人言可畏"的遗言，过早地结束烟花般美丽的一生吧。

有时候，我们真的需要那样一滴珍贵的雨，落进你即将干涸的心田。

有些话，像雨点儿，落进一个人的灵魂里，令你打个冷战，睡意全消，把一份清醒持续到天明。

喜欢电影《性、谎言和录像带》里的那个温情的结局：安和葛伦走到了一起，安说：快要下雨了。葛伦温柔地抚摸着她的手臂说：已经下了。

一场雨后的天空，纯洁得只留下喜悦，载着女儿喜爱的风筝，还有一千只鸟的欢叫。

人生已过了悸动的年龄，多年修得的淡定，使得再急迫的事也无法令我如坐针毡，只是，我的内心，依然到处裸露着无法隐藏的惊慌。

突然，就期待下一场安静的雨。一场不惊慌的雨。

我身上的三片叶子

我握住时间的白色根须。我以为我可以让时间停留片刻，可是岁月依然疯长。到了收割的时节，突然发现，我的身上，除了三片叶子，再无其他可以收割的东西。

三片叶子，依然倔强地停靠在我这根经风历雨的枝条上，不容许我对生有丝毫的怠慢。那叶子依然是绿色的，还不肯就此萎谢。

我是多么强烈地爱着绿色。就像我自己，不肯枯黄，用尽全力拽住青春的尾巴，不让青春将我甩掉。

但多么新鲜的绿，也始终挣脱不了既定的结局。世界上有很多种颜色，所有的颜色都有一个相同的命运，变成灰色。就像再有激情的人，也有穿着睡衣，等待睡去的那一刻。

灰色是所有人的睡眠。

尽管这灰色迟早要来，如同两鬓间隐隐的秋霜，我还是尽可能地向后拖延我的青春，就像下午的阳光，把我的影子拖得很长很长，那影子里，还有着上午的芬芳。

有时候被阳光烫伤了，皮肤针扎似的疼，可是依然不舍得关上窗子。生活中是不是也经常有这样过分的热情?

夜晚的大街上，年轻人喝完酒在路灯下大声地向不同的女孩儿喊着：我爱你！他们的爱情，轻得像草叶上的露珠儿，危险地晃荡，用一点点谎言支撑着，真相的太阳一出来就被蒸发掉了。

还有一个年轻人，抱着一棵树痛哭，为了刚刚与她分手的恋人。可是离开这棵树，走到另一棵树的时候，笑容就重新回到他的脸上了。

看啊，他们怀着怎样明目张胆的悲伤，又是多么快地抖落了那些悲伤。

年轻本身就有着极快的自愈能力。

张扬的青春，张扬的爱，年轻多好，可以尽情挥霍。在那样的青春里，没有人会慌了神色，就算受了委屈，也不会难过多久，他们永远有未来可以依傍，他们坚信未来可以还他们清白，坚信未来可以硕果满满。未来就像他们心底的一道彩虹，一座美丽的桥，连着他们的今天和明天，固执地相信着，一切都会水到渠成。

人们，为太阳唱着上升的赞歌，为月亮合起祈愿的双手。我喜欢躺在夜晚的草垛上看星星，但我自己却不愿意做星星。

佛说，人只有常常往下看看，才能看到更通透的自己。我看着我自己，似乎可以称得上是通体透明的人了。曾经，我枝繁叶茂，如今，只剩下空荡荡的三片叶子。也算美好。一片用来遮羞，一片用来纳凉，一片用来做梦的温床。

三片叶子，依然可以让露珠过夜的吧，依然可以引来几声鸟鸣的吧。

或许已到了去看夕阳的年龄了，可是依然喜欢停留在青春的阴影里。夕阳是被人们无数次擎过的酒碗，醉过从青春里走来的一茬又一茬的人。

有人说，少年是童话，青年是诗歌，中年是小说，老年是散文。而我已过不惑，仍不肯去讲故事，叙述很累，所以更多的时候，我选择抒情。老去的那一天，我甚至会想，有没有一天，我可以返老还童呢？

就像春天再来的时候，我还会发出新芽吗？

犹太诗人保罗·策兰说，春天来了，树木飞向它们的鸟。

我也要飞向我的美好。我不再怕老，因为老了，就可以变回孩子。变回了孩子，就会从时光的百宝箱里翻出无数美好的曾经，像小时候摆积木一样，为自己堆积幸福的城堡。

旧日时光，从眼前唰唰地飞奔而去，别指望去追上它，那里有我们永远到达不了的远方。

骑着巫婆的扫帚也好，骑着法师的魔毯也罢，你追不上逝去的时光。

忏悔你追不上，怨怼你追不上，曾经的誓言和祝福你也追不上。

我身上的三片叶子，大小不一，形状各异，都闪着亮晶晶的光。

我身上的三片叶子，我叫它们：回忆。回忆。回忆。

为你爱的人散布芬芳

他喜欢她清纯的容颜，喜欢她动听的歌喉，因为可以每天看到她，他的生命充满了阳光。

她在一个酒吧唱歌，他是她忠实的歌迷。

他是在很偶然的机会听到她的歌声的，银铃般的歌声在他的心湖荡起一圈圈的涟漪。他不知道能用什么方式表达他的爱，只好每天在她必经的路口远远地守望。看着她走进她的家门，才放心地离开，每天如此，不论春夏秋冬。

整整一年，他关注着她，默默地做着一个不为人知的“护花使者”。

直到有一天，他看到一个开着白色宝马的男人来接她，他看到她在那个男人的脸上飞快地吻了一下，坐进了他的车子，疾驰而去。

他的心痛了一下，有失落，有哀伤。他彻夜未眠，反复地想，明天还要不要去听她的歌。

心是犹豫了，但双脚却不听他的使唤。那个固定的时间，氤氲的浪漫时刻，他照例不由自主地走进那个固定的酒吧，照例坐在那个角落里，听她弹琴、唱歌，沉醉在对她的痴迷里。那一夜，花样年华的她，在舞台上婀娜多姿，灿若桃花。

那是她在那个酒吧的最后一次演出。

她被那个有钱人包装，很快便火了起来。她的粉丝们越来越多，自然，他依旧是最忠实的那个。依然会在每个傍晚，守着那个路口，希望能见到她。可是从那以后，她很少回家了。他的心里有失望，但更多的是担忧。

担忧的事情如期而至。媒体上开始传出她不停地更换男友的绯闻。她的一部分粉丝纷纷倒戈，但他没有，他一直坚守在她这边。他找来她的亲戚朋友，找来和她从小一起长大的伙伴，组成一个强大的支持她的阵营，为她辟谣，到处说她的好。

一波未平，一波又起。旧的绯闻还没有凉却，新的绯闻又甚嚣尘上。每一次，她都是风口浪尖上的人。

但他相信她一定有她的难言之隐。不管她做了什么，他都在心底找各种理由原谅她。他默默维护着她的形象。

他又一次站了出来，试图为她澄清一些事实。他势单力薄，无法与那些反对她的声音抗衡。但他没有退缩，他撰写了支持她的文章，对她的际遇给予了同情，同时对时下里一些媒体和有钱人对艺人的不尊重给予了有力的批判。他说：艺人们也是人，更需要人的理解和尊重。有些事情，并不是她们所能左右的，也并非出自她们的真心。

他呼吁那些曾经支持过她的粉丝们站出来支持她，他说，爱一个人，就要默默地去关注她，去为她散布芬芳，而不是流言蜚语。

爱一个人，就去默默地关注她，去为她散布芬芳！这是爱的至高境界，无私、坦荡，饱含着一颗心对另一颗心露水般纯洁的爱意。

昨天接到朋友的一个电话，得知我们一个共同的朋友被判了刑。原因是女友和他提出分手之后，他对女友的“见异思迁”感到很不平衡，嫉妒和仇恨渐渐扭曲了他的心灵。他就到处去说她的坏话，添油加醋地制造她的污点，并把他们在一起亲热时的照片通过剪辑，制作成不堪的图片，在网上传播出去，使她声名狼藉，狼狈不堪，最后不得不将他诉诸法律。最后法院以诽谤、诬蔑罪对他进行了应有的惩罚，但那些流言蜚语的阴影，却始终盘旋在那个女人的心里，挥之不去，使她常常在半夜惊醒，神情恍惚。

我们都想不明白，曾经相爱过的人，为什么转身之后，就变成了仇人呢?

其实原因只有一个：他不懂得为自己的爱散布芬芳。

前面的故事还有一个结尾：她顶住了各种压力，重新开始了自己的演唱事业。得知她要来这个城市开个人演唱会，他激动得一夜没有合眼。望着那张巨大的关于她的宣传海报，他笑了，提前几天就把票买好了，依然是角落里不显眼的位置，他不会让她看到他，不仅仅是自卑，更多的是因为爱。他知道，喜欢一个人，就是要默默地去关注她，去为她散布芬芳。

为你爱的人散布芬芳，得到芳香的不仅仅是你的爱人，还有你自己，乃至你所能碰触到的整个世界。

天堂的颜色

黑夜又来了，这时耳朵是与这个世界的唯一联系。赛尔玛满足地闭上眼睛。事实上，她的眼睛在白天也几乎看不到什么，严重的近视使她更愿意待在黑夜——至少这时候她感觉到了平等。作为一位单身母亲，一位贫穷的捷克移民，赛尔玛已经充分见识了美国乡间的肮脏和残酷，加上累得要命的工厂劳动，她觉得灵魂就快出窍了，但生活还让她更糟：她的小儿子就要失明，如果她再拿不出医药费，这个孩子就被彻底丢到黑暗中去了。她太恨这个世界，恨这个世界没有颜色。

声音便是黑暗的颜色。当赛尔玛第一次接触音乐的时候，她疯狂了，她觉得自己被带进无边的想象与幻觉里——红鸟、月光、紫瓣花、湿树林……在这个纯粹听觉的王国里，每个音符都在向她求爱，而平日里龌龊粗鄙的一切在她面前都俯首低眉，她成了绝对的主人。她把这个理想告诉了她的同事，他们都支持她以另一种方式站起来。从此，赛尔玛的歌舞成了工厂里的节目，大家的生活重新变得生机勃勃。可此时的赛尔玛心灵上又发生了变化，她厌恶人们迁就她的生理而叫好，她要冒险接近音乐的真面目……

这是2000年度戛纳电影节奉献的经典影片《黑暗中的舞者》，

在这部影片中，我们找回了失去许久的惊讶、赞赏和感激。它让一颗心灵敷着手帕，又让一块块手帕不停地潮湿。是什么在其中神秘地拨弄着我们心上的弦，让它弹出一段光阴的路程，继而又弹出一个春天、整座花园和森林？

黑暗中的舞者，是苦难中的精灵，是坚强不息的蓝色火焰。我被她的翅膀驮着飞翔，我把蓝色的火焰栽种到心里。任何花香都止不住翅膀的道路，任何眼泪都熄不灭这燃烧的树。

充满了恨的世界也充满了爱。恨让这个世界失明，爱让这个世界苏醒。歌声穿过很长很长的一段黑暗的历程，抵达每个人的唇间。一个春天在眼前敞开：流星布满湖泊，花儿穿行在风中，鸟儿穿行在梦里。幸福的人用手接住水，用心接住阳光。

童年时，喜欢玩儿一种“摸瞎乎”的游戏：用头巾蒙住眼睛，去捉躲藏起来的伙伴们。那一刻，世间的一切都消失了，只剩下太阳的颜色，红彤彤的像涌动的血。为了不被绊倒，我大声地喊：“花盆在哪里？”伙伴们齐声喊道：“在你的左边。”

“石头在哪里？”

“在你的右边。”

我想，童年的游戏拿到今天来玩儿会是怎样的情景呢？我想我会大声地喊：“爱在哪里？”有人回答：“在你的左边。”

“幸福在哪里？”

“在你的右边。”

“天堂在哪里？”

“在你的心间。”

不知不觉之间，我成了诗人。睁开眼睛，我会看到整个世界，闭上一只眼睛，我会看到半个世界，可是蒙上双眼，我看到了天堂。

很巧的是，在2000年还有一部关于盲人世界的优美电影，那就是入围奥斯卡最佳外语片的伊朗电影《天堂的颜色》。

墨曼的眼睛虽然看不见五彩的世界，但却能巧妙地运用天赋能力感知周围的环境，体会各种景物的真善美。在《天堂的颜色》中扮演盲童墨曼的童星穆森·莱米齐尼是个真实的盲童，生长在黑暗之中。影片拍完后，他深有感触地说："在这部影片中演出，让我觉得自己成长了不少，能够看到许多自己从未看过的东西，像森林、海洋、山、草原、花朵、溪流和好多其他的东西。现在我终于知道这个世界是什么样子了。"

看来，美好的心灵在这个世界上从来不会孤独，即使双眼无法看见，但他们的心灵永远不会盲目。爱是涂料，他们在用爱给这个世界涂抹着颜色，天堂的颜色。

玉米长高了，稻穗羞涩地垂着头，葵花又向太阳走近了一步。时光成为流水，爱成为阳光。欢乐成为音符，眼泪成为珍珠。黑暗成为光明，世界成为天堂。我们用双眼看到的世界和置身黑暗中的人们用心灵感受到的世界都有一个共同的触点：爱和希望。

用心去珍爱生命吧，用心去装扮我们的天堂。就像《黑暗中的舞者》的大幅宣传照上写的那样：相信我们，如果你放弃了与比耶克（赛尔玛的扮演者）相处的两个小时，你将遗憾万分。

躺在某一段时光里忏悔

躺在某一段时光里，摊开另一段时光的掌纹。你会发现，在那些纹路里，缓慢地爬行着一条叫忏悔的小虫子，它时不时地咬你一口，让你又痛又痒。

小时候，爸爸在工厂的空地上种了点“自留地”，种上一些蔬菜，以填补一家人口粮的不足。种的蔬菜其实也只有豆角和土豆，西红柿和黄瓜是万万不敢种的，即便种了，也会丢得一干二净。

可就是这豆角和土豆，也总有人来偷，令母亲深恶痛绝。终于忍无可忍，决心来一次抓捕行动。

我和母亲偷偷埋伏在豆角地里，没过多久，就看到一高一矮两个女孩向我们这边走来，那个高个儿的女孩我看着有些眼熟，但冷不丁地想不起来是谁了。

她们背着一个油渍麻花的大袋子钻进了我家的菜地。趁她们忙于摘豆角的工夫，母亲一个箭步冲上去，抓住那个矮个儿的女孩，小姑娘吓得哇哇地哭了起来，那个转身跑掉的高个儿女孩就返了回来，使劲从母亲的手里去抢拽矮个儿女孩，看样子她们是姐妹俩。高个儿的女孩儿使劲咬了母亲的手，母亲一松手，俩孩子嗖一下就蹿将出去，留下仓皇的背影。

母亲为了小偷的逃脱垂头丧气，不停地埋怨我不帮她的忙。我却有了自己的收获，因为我看清了那高个儿女孩的脸，她竟然是我的同班同学！无论如何我都想不到会是她，她可是品学兼优的啊，常常得到老师的夸奖，不知被多少同学羡慕嫉妒恨呢！

她也一定看到我了，所以那一刻，我看到她的脸红得仿佛要燃烧起来，恨不得找个地洞钻进去的样子。

她家的生活实在是太过窘迫，父亲早早去世，只有母亲一个人拉扯着她们姐儿俩，这是实在饿极了，不然怎么会让两个女孩子来做这种“偷鸡摸狗”的事情啊。

这是后来同学们和我说的，当时我并不知道这些，除了愤怒之外全是对她的鄙视，第二天上学，我看她一边故意躲着我，一边又时不时地偷着看我，那忐忑不安的眼神似乎是在哀求我，不要把这件事说出去。

我却丝毫不留情面，迫不及待地想把她的“丑行”在全班公之于众。可是忽然改变了主意，我想玩一玩“猫抓老鼠”的游戏。我抓着她的把柄，从此她就得乖乖地听我的话，我说一她不敢说二，我让她往东她不敢往西，同学们都讶异，这么一个品学兼优的同学怎么偏偏就那么听我这个“小混混”的话呢？

我的作业从此都交给她来做，我值日的活儿也都由她包了，她对我敢怒不敢言，就像被线绳拴住双脚的麻雀，任凭怎么挣扎，也逃不出我的手心。

终于有一天，她实在忍受不了我的捉弄，公然和我大吵了一架。我顺势就把那件事抖搂了出去，全班立刻炸开了锅一般，纷纷指责她。

她哭得一塌糊涂，始终不肯为自己辩白一句。从此，班里没有一个人再理她。

没几天，她就辍学了，好些年都没有她的音信。

后来，同学聚会的时候，辗转听说她辍学后，就出去打工赚钱了，早早地嫁了人，却常常遭那无良丈夫的打骂，再后来，听说她实在无法再忍受，选择了自杀，被人救下后，也落下了终身残疾。丈夫弃她而去，母亲只好又把她接回身边，苟延残喘地活着，像一盏随时都有可能熄灭的烛芯，在命运的风里飘摇。

我内心的忏悔无以言表，我想，如果当初我能宽容一点儿待她，她的人生是不是就会是另外一种结果呢？我的一点点不宽容，就这样扼杀了一朵花的绽放。从这个意义上讲，我是她那些苦难命运的始发点，一个不折不扣的刽子手。

懂得忏悔，总比麻木要好得多。那条叫作忏悔的小虫子，爬向灵魂深处，总是不停地提醒着我：莫要再去做别人噩梦里的蛇！

睡着的白月光

窗台上的糖罐，无缘无故就碎了。之前苦心经营的那一点甜，撒了一地。薄薄的，像睡着的白月光。我试图将它收起，但终究是徒劳，因为那甜里面早已掺进了太多岁月的尘沙。

忽然想到，有些东西再小心翼翼地收藏，也有失手打碎的时候，比如爱情。有些东西封存得再好，时间长了也会凉，比如情爱。

小时候，我家对门有个打铁的男人，从不吝惜自己的力气，他说，如果在力量上偷工减料，那么打出来的铁也会打了折扣。

他的歌声比铁嘹亮。他的骨头比铁硬朗。他说，只有精神气足了才能打好铁。而且要心存善念，因为铁里有思想。

女人是个寡妇，从外乡逃避饥荒来的，晕倒在他的门口。铁匠把她扶进屋子，给她做了饭。吃饱了，女人的脸上现了红晕，铁匠呆呆地望着出神，他想，她的脸真像铁匠炉里的火呢，烤得一张脸直发烫。

女人无处可去，低着头羞涩地问他，是否愿意让她做他的婆娘，给他洗衣、做饭、生娃。他已经快四十的人了，光棍一根，就因为他贫穷。可是现在，上天赐给他一个活生生的鲜嫩嫩的婆娘，他能不高兴吗？他拼命地点头，如同打铁时，那锤子有力地捶打。

有过一段甜蜜时光。可是那甜，只有薄薄的一层。像睡着的白月光。

时日久了，女人露出风骚的本性，喜欢打扮，喜欢往男人多的地方钻。

没有钱的男人吸着廉价的香烟，斜靠在门框上，时不时地将被生活压弯的腰杆重新挺得笔直。

早晨，他刚刚训斥过他的女人，因为领口开得太低，容易将隐藏的春天暴露。女人嗤之以鼻，嫌他土气。

他的嘴里长满烟草。他打的铁很健康。“这是一门好手艺啊，可是却愧对家小，挣不来许多的钱，过不了好日子。”铁匠在浓浓的烟雾里喃喃地说。

他的女人还没有回来，而月亮已开始妖娆。

铁匠并不怨恨他的女人，因为他觉得她在他的心上撒了一层糖，在他最孤苦的时候。他的一生因此品尝到了甜蜜的滋味，已然无憾。何况，她还给他生了一个大胖儿子，这是他生命中更甜的糖！

他对女人说，如果有了出轨的心思，也不拦着，就去奔个富贵人家吧。但儿子必须给他留下。女人落了泪，没想到这粗犷的汉子，竟是这般有情有义，心胸豁达。

半年后，女人终究是悔恨交加着回来了，她跟的那个男人嗜赌成性，输光了家底儿，把她也当成了赌注。她声泪俱下，发誓以后再不会跟着别的男人跑了，让铁匠重新娶了她。

铁匠说，住下吧，你给我的糖还没吃完，够我吃一辈子呢。

女人有些不大明白他的话，她更想不明白，一个大字不识几个的铁匠，竟然说出貌似有些文绉绉的话来。

她呆愣在那里，直到儿子的哭声传来。可是那哭声随即就变成了笑声，照顾起孩子来，铁匠比女人还细致。

孩子银铃般的笑声铺满一地，像薄薄的糖，像睡着的白月光。

我从铁匠的那颗糖里分得了一抹甜——豁达和宽容就是爱情里的糖啊！此刻，我迫不及待地要对离我而去的爱人说：你给我的糖，我会很认真地吃，哪怕一生只有一颗。先放进口袋里，让整个衣服都跟着甜。我不担心蚂蚁爬上来，我就是要炫耀那来之不易的甜蜜。吃的时候，先含着，不一口咬碎。直到慢慢融化，一滴不剩流进心田。然后我会珍藏那张糖纸，花花绿绿的糖纸，像我姹紫嫣红的青春。再然后，我会在多年后的某一个下午，摊开那张糖纸，退了色的糖纸，不再有甜味。可是你知道，那甜味早已经钻进我的骨髓，弥漫到我的苍凉里，成为我生命中的一部分，令我以后的每个日子都有甜丝丝的喜悦！

就这样，一颗糖也可以吃一生。即便，你已转身，远赴天涯。

送给一颗心的礼物

早晨上班的时候，看见我的办公桌上放着一个小礼包，包装得很精美，但上面却没有写接收人的名字，也没有写送礼物人的名字，尽管存在很多疑虑，心里还是漾过一圈暖暖的涟漪。我并没有急着打开它，我在享受那个温馨的过程。

这神秘的礼物到底是谁送的呢？我不免在心底揣测起来。

莫非是张丽？昨天刚刚因为一点小事和她吵了个半红脸，或许是她想与我和解，不好意思开口，就选择了用这个方式吧。想到这儿，我冲不远处的她笑了一下，她稍稍愣了一下，旋即回复我一个甜甜的笑脸。你看，人和人之间的相处说难也难，说易也易，两个人这不是一笑泯恩仇了吗？

不对，张丽是一个很强势的女人，基本上是不会主动道歉的。那还会是谁呢？难道是我们的主管给我的？我突发奇想。不能啊，按业绩，我是广告部从后面数的那几位之一，主管怎么会奖赏我呢？简直是痴人说梦！不过说实话，主管一直都挺器重咱的，从到广告部的第一天到现在，他就一直在鼓励我，说我迟早有一天会让他刮目相看。是啊，这个世界，每天都有很多奇迹发生，没准儿哪天咱的业绩也能排个第一呢。这样想的时候，我仿佛就来了动力，身体里那看不见的齿轮顿时注满了油——这个月不能再垫底了，咱也得往前几名靠靠，不能辜负了主管的心啊。

不是主管还能是谁呢？会不会是谁喜欢我呢？我在我的猜测里飞翔。算卦的说我今年有桃花运，该不会是应验了吧。小娜？这丫头大大咧咧的，平时倒是喜欢和我开一些男女间的玩笑，难不成是故意开的玩笑？想到这儿，我四下里搜寻她的踪影，却不得见。看来，这家伙又迟到了。我微笑着摇摇头，又排除掉一个美女。

不是她，那么还会是谁呢？我继续在我的猜测里遨游。这种猜测真让人愉悦，它是甜的。以往，我也会去猜测别人，但更多的是猜疑，猜疑别人在背后说我的坏话，猜疑别人在我的背后捅刀子，身在职场，总是不得不戴着面具，隐藏了自己也拒绝了别人。猜疑是苦的。

可是今天，在这种猜测里，我曾经猜疑过的人，一个个都变成了可爱的人。我开始喜欢他们。

正当我沉浸在甜蜜的猜测中无法自拔的时候，李辉跑过来把那个小礼包拿走了，一边跑一边向我道歉：不好意思啊朱哥，放错办公室了，这是给小倩的。

全公司的人知道，这小子正在拼命地追小倩，小倩在楼上，和我的办公桌大致一个位置。这是准备要给女孩一个惊喜呢，可是却跑错了楼层。

你小子，小心被爱情冲昏了头脑啊。我冲着他的背影打趣，办公室里笑声一片，其乐融融。

一场空欢喜！礼物被拿走了，桌子上空荡荡的，我却没有一丁点儿失望的感觉，我觉得在心底，已经得到了一件礼物。

那礼物让我的脸镀满阳光，让我的心注入月色，从此变得洁净而轻盈。

那个早晨，我在自己假想的美好里，让一颗四处游荡的心，靠了岸。

谁懂戒指的疼

戒指是婚姻的小小紧箍咒。小巧玲珑的戒指，像一个附了魔咒的精灵，栖落在那根叫无名指的枝头，多大的风都吹不跑它，多大的雨都惊不飞它。正如痴情女子的爱，一旦嵌入，便无法取出。

世间，女子总是要比男子痴心和专情。戒指，这小小的枷锁，她们宁愿被它牢牢地套着，疼了也不声张，不慌乱。为了心爱的男人，她们甘愿把疼戴在手指上。

而女人的疼是与生俱来的吧，她们天生就要跟疼打交道，疼是她们得到尊敬的资本。至少有多少子女，她们就有多少次疼，子女是她们的勋章。

一个女人，若想成为一粒珍珠，疼是她必要的功课。

国外有一种习俗：当女孩子经历月经初潮时，要先打她一个耳光，然后再给她一个拥抱。月经来潮代表从这一刻起，她就已经成为一个真正的女人。耳光和拥抱则是告诉她，做女人会先经历痛苦，然后才有甜蜜。这个习俗，其实是一个女人的成年礼。

日本电影《望乡》中，一个老南洋姐临终前打开了她的财产：一堆戒指。每卖一次身，她不要钱，只要对方给戒指。有多少个戒指，就表明她多少次把身体给了别人支配，有多少个戒指，就证明她疼痛了多少回——那是一个女人泣血的控诉！

亦舒的小说《喜宝》里有一段描写，喜宝决定做富商的情妇，提出的第一个条件是让他开张支票买钻戒。喜宝挑了珠宝店里最大颗的钻戒，戴在手指上，因为太重会歪在一边。可是她喜欢戴着它，在寂寞的时候转动它。如果没有很多很多的爱，有很多很多的钱也可以……喜宝感觉自己得到了安慰。这一刻她这样富有，可是又这样贫乏。但是不管怎样，这是一个自己买给自己的钻戒——那是一个冷冰冰的宠物！

无意间听到梁咏琪唱着：

手中的戒指，圈不住爱情的流逝。

梦里的你，依然清晰。

我的思念要到何时才能停止。

手中的戒指，留不住时间的流逝。

我在等你，你在哪里。

谁能告诉我爱情如何浅尝即止。

有人说，喜欢戴戒指的人，都是内心渴望安定，渴望被爱束缚的。婚礼上，相亲相爱的人相互为对方戴上戒指，就是为爱情戴上了幸福的紧箍咒，从此双方都要循规蹈矩，小心翼翼地守着他们辛辛苦苦构筑起来的爱巢，不离不弃。

为什么结婚戒指要戴在无名指上呢？或许会有很多种解释，可是有一天，我的一个朋友的解释让我唏嘘不已，他给我们做了一个关于无名指的游戏。

他让我们伸出两手，将中指向下弯曲，对靠在一起。然后将其他的四个手指分别指尖对碰。他强调说，在开始游戏的正题之前，请确保以下过程中，五个手指只允许一对手指分开。

接着，他让我们张开那对大拇指，能够张开。他说，大拇指代表我们的父母，每个人都会有生老病死，父母有一天也会离我们而去。

合上大拇指，再张开食指，也能够张开。他说，食指代表兄弟姐妹，他们也都会有自己的家庭，也会离开我们。合上食指，再张开小拇指，依然能够张开。他说，小拇指代表子女，子女长大后，迟早有一天，会有自己的家庭生活，也会离开我们。最后，合上小拇指，试着张开无名指。这个时候，我们惊奇地发现无名指怎么也张不开，他说，因为无名指代表夫妻，是一辈子不分离的。真正的爱，粘在一起后，是永生永世都分不开的。

原来，这就是爱的真谛：长相厮守，不离不弃。

刚开始戴戒指，手指会有些疼，可那是甜蜜的疼，女人们不舍得摘掉。

有人说女人是一天的公主，十个月的皇后，一辈子的操劳。所以男人们要好好珍爱你的女人。因为只有爱你的女人，才会把疼戴在手上；只有爱你的女人，才会把疼咽进肚子；只有爱你的女人，才会把疼叫作幸福。

有些心愿，追不上流星

我最不能忘怀的，是我的童年。

因为爷爷家在乡下，所以经常回老家玩。每次回老家，印象最深的是，爷爷总会端出香喷喷、热腾腾的鲜美鸡汤，喝得我美滋滋的。上小学了，假期我又去乡下老家，爷爷特地从邻居家抓了一只大公鸡来宰杀，谁知不知是刀不快还是技术不过关，公鸡拖着被割了一半的脖子，满院子跑，血像喷泉一般涌出。晚上，我做了一个噩梦：一只没有头的公鸡在后面紧追不舍，我跑啊跑，总也摆不脱。醒过来，才发现惊出了一身的冷汗。

无忧无虑的童年，日子一天一天过去了。我还是经常回爷爷家，经常喝美味的鸡汤。但是，这些幸福的时光，突然在爷爷患病后终止了。

我到医院去看爷爷，发现爷爷身上插满了各式各样的管子，话都不能说，只能以纸笔代言；不能吃饭了，靠从嘴巴灌液体或打葡萄糖度日。全家老小，川流不息地来探望，讲讲家里的琐事，邻里间好笑的事，开开玩笑，为的是让重病的爷爷高兴。躺在病床上一动不动的爷爷，似乎也听得笑眯眯，挺开心的。

人人见爷爷，谈到病情，都说：这是小毛病，治一下就会好的。但在背后，所有的人都知道爷爷的病八成是好不了了。人们痛哭流涕，但还是瞒着爷爷，为的是让他去世前能过得开心一些。

爷爷的身体越来越衰弱，最后开始呼吸困难、呕吐、便秘、水肿，他痛苦异常，却无法述说，让亲人们好不伤心。医生也说，爷爷是无法复原了，浑身插满的管子也难以挽救他的生命，至多能延长一点时间而已，大家要有思想准备。那时，我还不太懂这些，只是想，爷爷可能再也不能陪我玩了，再也不能俩人面对面地盘腿坐着，喜滋滋地对喝美味的鸡汤了。奶奶睁着哭肿的双眼，看着痛苦而又无法言说的爷爷，心中悲痛万分。大家只能眼睁睁地瞧着爷爷在病床上痛苦地挣扎了好几个星期，才咽下最后一口气。

丧事办完后，爸爸妈妈整理爷爷的遗物，找到一个小笔记本，里面记载着爷爷想做却没能做的事情，比如，希望把被赶出家门的伯父找回来；在奶奶生日时，买一只昂贵的戒指当礼物，并庆祝他们结婚五十周年，尤其让我感到难过，一下子泪雨滂沱的是，爷爷说他希望他的病快点好起来，再为自己的孙子杀鸡做鸡汤，如此等等，还有许多零零碎碎的愿望。爸妈看着看着，大哭起来，心中好生后悔：为何在爷爷生病期间，不及时将真实的病情告诉他，让他有时间来完成自己的心愿，大家也可以帮助爷爷做到这一点，让他没有遗憾地离开这个世界。如今，天人相隔，爷爷永远不能完成自己的种种心愿了。

记得影片《停不了的爱》中有这样的台词：

“小时候，看着满天的星斗，当流星飞过的时候，却总是来不及许愿，长大了，遇见了自己真正喜欢的人，却还是来不及……”

人世间的种种心愿，或许真的无法追上流星的脚步，但是无论如何，请让我们把这首生日快乐歌唱完吧，虽然不能给你翅膀，但却能给你最真诚的祈祷，祈祷流星的脚步慢下来，祈祷尘世的每一颗心，都能抓紧时间去许愿，抓紧时间去爱，抓紧时间，去追赶稍纵即逝的幸福……

生命的贝壳

去南方出差的时候认识了小贝。那是在海滩上，潮水涌上来，所有的人都往回跑，只有她，仍静静地站在那里不动。我急忙跑过去，告诉她要涨潮了，她却执意站在那里，说是为了等待一枚最美丽的贝壳。

她说，海水会把很多很多的贝壳冲到岸上来，又会把它们带回到海里去，就这样一次又一次用沙子磨亮，用海水洗亮，哪个贝壳被冲刷得次数越多，哪个贝壳就越坚硬、越美丽。

我们就这样成了朋友。我知道了她悲苦的身世，她是在孤儿院长大的孩子，还知道了她是一家全国闻名的艺术学校舞蹈系的学生，小小年纪就获得过很多次全国舞蹈比赛的大奖，每次获奖或者演出成功，她都会来到海边为自己捡一枚贝壳做纪念。她的屋子里积攒了很多贝壳，她说，她要到世界舞台上去跳舞，她说她一定会捡到最美丽的那枚贝壳。

这以后，便不断听到来自她那座城市，来自她的快乐的消息。她是个快乐而幸福的孩子，一只无忧无虑翩翩起舞的天鹅。我被她用舞蹈扇动起来的阳光和火焰感染着，不知不觉中，她为我驱赶了天空中垂挂的阴霾和生活的窗前一只只烦恼的蚊虫。直到有一天，我被她的舞蹈老师寄来的一封信惊呆了：小贝出了车祸！

我无法想象命运竟会这样残酷，小贝是一朵刚刚开始绽放的花蕾啊！

我跑进那个城市，跑进医院。小贝刚刚做完截肢手术，她的右腿永远地失去了。我知道，这对于一个以舞蹈为生命的人来说意味着什么，它意味着曾经许下的一生一世为舞蹈而活的誓言成为碎屑；它意味着一只美丽的天鹅再也无法扇动翅膀，静静地飞翔；它意味着一朵玫瑰未曾绽放便要枯萎；它意味着美梦结束，噩梦的开始……

由于伤心，小贝有些麻木，眼里的泪似乎已经流尽。我久久地，不知道该怎样去安慰她，只是默默地陪了她一天一夜。

小贝醒来的时候，给我讲她做的一个梦，她梦见一个生命垂危的小女孩把自己收藏的所有贝壳都抱在怀里。她要带着它们一起离开这个世界。死神来带走她的时候，看到了贝壳，竟有些爱不释手。死神喜欢上了那些美丽的贝壳，死神对小女孩说，如果她肯把所有的贝壳都送给他的话，就还给她一个生命。可是小女孩紧紧抱着那些贝壳，不忍丢弃。

小女孩宁愿放弃生命，也不与死神交换她的贝壳。

最终，死神并没有带走她。死神说那些贝壳闪着她生命的光芒，如果她死了，贝壳就失去了那份美丽的光环……

小贝平静地请求我说："带我去海边吧。"

海滩上风很大，但我看见小贝迎着风慢慢昂起了头颅。她坐在轮椅上微微地笑了，我在那微笑里似乎看到了一种对命运的蔑视，我隐隐感觉到，小贝一定会好好地活下去，并且继续顽强地与命运博弈。

果然，两年后的一天，我收到一场演出的门票，是小贝寄来的，她说她的右腿装了假肢，她说她又能在舞台上演出了。

我不敢相信，我迫不及待地连夜赶往她所在的城市。在那个宽敞华丽的剧场里，我看见了，小贝！这重新绽放的花蕾，像火焰一样燃烧在我的视野里。

因为小贝的右腿是假肢，导演只安排她在剧中演一只受伤的小天鹅，虽然只有几分钟的戏，小贝却演得格外认真投入。

小贝，这只受伤的小小天鹅，又在舞台上翩翩起舞了。我仿佛看见了她练习时摔的一个个跟头，看见了她滴着血的伤口，看见了她身上散发着的连死亡都无法阻止的生命的激情，让所有的生命黯淡无光，让灯红酒绿的城市陷落在一片对梦想的渴望之中。

小贝创造着奇迹，她用千倍万倍的疼痛换来一个个优美的舞姿！我们又一次来到海边，海上的风依然没有停息。小贝的长发始终飘扬着，像一面猎猎舞动的小旗。我在她投向大海的眼神中看到了她的美丽，看到她将不再畏惧命运的台风，不再畏惧被它们重新抛入悲苦的海。

她说她快乐着，因为她专注于她的舞蹈世界里，无法自拔。

小贝用一生拾捡着贝壳，可她不知道，她那颗勇敢的心就是一枚最坚硬的贝壳，美丽，无与伦比。

人生总有一些时光在雾里

当一些雾蒙住镜子的时候，我照不清自己，灵魂也暂时没了着落。这时我才了解到透明的重要性。那些雾有些顽固不化，擦掉之后，在某个时间，还会不请自来。

即便如此，镜子上的雾也很少引起我的恼怒，有时，甚至会在那雾里写上爱人的名字，然后看着它慢慢消退，化成水滴。

我能想象到少女头上小小的一团雾水的美，那里面包含着如此多的内容，是惊讶，是迷惘，是大睁的杏眼，是张开的樱唇……

有时候，雾就像有灵性的猫，不停地窥测着人的心情，以使自己得到更好的宠爱。

透明应该是一个人最好的品德，但自从混沌初开，整个世间都是蒙着尘灰的，有太多的东西无法看透，大概就这样产生了智慧。

智慧就是慢慢看清事物的本质，让一切回归透明，可是透明了又怎样呢?

人类始祖亚当和夏娃偷吃了伊甸园里的果子，就好像强力剂一般注入了混沌蒙昧的两颗心。二人的精神世界顿时澄清了，透明了，他们的眼睛明亮了。他们开始分辨物我，产生了“自我”

的概念，他们无比沮丧地发现，自己赤裸着身体是件羞耻的事情。于是他们用无花果的叶子为自己编织了裙子，来掩饰下体。当然，为这智慧付出的代价是，女人增加了怀胎时的苦楚，男人要终生劳苦，才能从地里获取粮食，而土地不时给他长出些荆棘和蒺藜来。

妻子在谈到婚外恋现象时颇有见地地对我说，男人们之所以喜欢外面的女人，并不是因为她们更出色，而是因为老婆在这个男人面前变得透明了，一些缺点暴露无遗，而情人就不一样了，她们只表现出好的一面。情人给你的，永远是风花雪月，老婆给你的，却永远是柴米油盐。所以，透明有时也是一种自寻烦恼的愚蠢，郑板桥就是看透了尘世的冷暖，才发出“难得糊涂”的感慨。

不管怎么样，世人还在对种种事物刨根问底，把月亮花园变成荒凉的石头城，嫦娥跑了，吴刚的桂花树倒了，一个个传说变成了白开水。德彪西说，哲学家们总是分析、分析，冷冰冰地毁灭秘密。

忘记了是哪部韩剧里的一句话：当雾散了的时候，人生变得清晰了，可是也变得更加残酷。

人生，总有一些时光在雾里。你或许忘记了往事的地址，只剩下找不到方向的风筝。那么此刻，正是你思索的好时机，你的生命中，有多久不曾认真地思索了。

有人浓妆艳抹，有人素面朝天，这两张人皮有什么不同？

有人戴着红宝石戒指，有人戴着玻璃戒指，这两根手指有什么不同？

有人吃了一顿生猛海鲜，有人吃了一个馒头，这两种饥饿有什么不同？

有人开着宝马走向坟墓，有人步行着走向坟墓，这两种死亡有什么不同?

……

思索吧，思索是一块巨大的手帕，正在慢慢擦拭你人生中的大雾。

看过一句话：“人生就像一场大雾，我看得到光亮，却比瞎子还要无能为力。”

既然如此，何不在那雾中小憩，吹一支笛或一管箫，于朦胧处翩跹出几匹音乐的小鹿来。心在雾中湿了又何妨？湿了，就长出几朵可爱的蘑菇来。雾，自有散去的时候，被雾水洗过的早晨，定是更加澄明欢爽的一天。

多余的一手

在佛罗里达州的圣彼得斯堡，有过一个另类的“传奇”：肯。

肯是一个神偷，他有一个雄心勃勃的计划：在四十岁之前，撬开一百个门锁，然后，金盆洗手。

按理，凭他的技术，是断不会阴沟翻船的。可他偏偏就栽了。就在他四十岁生日那天，撬开第一百个门锁之后。

对于他，登堂入室如同探囊取物，他想得很周到，常常给自己留了后路，每次进入别人屋子的时候，他的作案工具里，总是少不了两件东西：一根长长的绳子，以备主人回来时他从窗口逃离；一副手套，从头到尾，他都会带着它，不会在任何地方留下蛛丝马迹。这也正是令警方头疼的事。他就像一个幽灵，穿梭在那个城市里，没有人可以捕捉到他。

他仿佛与世隔绝一般，从不与人交流。没有人知道他住在哪里，什么时候出现，他总是尽可能地打破规律，不让规律束缚自己。

肯只是偷窃，从不伤人。基于这点，人们在评论他的时候，并无多少厌恶，更多的是对这个神秘人的敬慕。

“嘿，听说了吗？肯昨天又干了一票大的。”

“这小子真是越来越神了，好像长了翅膀一样。”

……

圣彼得斯堡的大街小巷，常常听到人们这样谈论肯。

一次，他做完一个大单子之后，销声匿迹了很久，渐渐淡出人们的视线。警方也放松了警惕，认为这家伙终于发了慈悲，不再“戏弄”他们，都松了一口气。没想到，他卷土重来，在短时间内接连作了五起案子，件件令人头疼不已。事情传到州长那里，州长很生气，增派了很多精英侦探，并下达了死命令：一个月之内务必将肯捉拿归案。

肯好像知道警方的一切行动，在接下来的时间里，他又一次人间蒸发。那些神探们在曾经的案发现场没有任何收获。被一个小偷耍得团团转，这对警方来说真是一个奇耻大辱。

说来让人不敢相信，那么多神探没有抓到的神偷，竟然被一个刚加入警队不久的小警察轻易抓到了。他在被盗的那户人家的门柄上，查到了肯的指纹。这是以前从来没有过的事情。警察们有些疑惑不解，抓了这么多年没有抓到的神偷，竟然犯下那么低级的失误：在门的把柄上留下指纹。

本来他是可以不留痕迹逃之夭夭的，可是他看到了那户人家熟睡中的女人和孩子，看到她们脸上那种幸福的笑意。他的心一下子软了下来，他没有亲人，他想象着将来他也可以有自己的妻子和孩子，想到她们在睡梦中是否也会有这种幸福感呢？“不会，因为我是个小偷，她们会整天跟着提心吊胆！”想到这里，他不禁激灵了一下，口袋里虽然装满了窃取的东西，他却忽然有了一种怅然若失的感觉。

他偷偷地溜掉了，没走几步，他忽然有种担心，担心那熟睡中的女人和孩子。他想，万一自己走后，别人闯进来，那可不是闹着玩儿的。他越想越害怕，重新折回身去，轻轻地把门给关上了，并用他的“万能钥匙”把门锁上。这个时候，他忘了戴手套。

就是这个鬼使神差的举动把他暴露了。他是个不成功的小偷，因为他没有掐灭灵魂里残存的那点善良，这点善良出卖了他。

对于自己的多此一举，他并没有觉得后悔，他说：“不知道为什么，当时就是觉得要把门替她们关好，是她们脸上的那种幸福感感染了我。”

讯问肯的时候，他并不沮丧，相反却显得很兴奋。他的话出人意料：“我是个孤儿，从小到大，没有人留意和关注过我，我做的这一切，只是想让你们来关注我。终于，我成功了，你们开始关注我，非常关注，甚至成了你们的通缉对象，这让我非常高兴。真的。这么多年了，没有人在意过我，我太孤独。”

警察们本想在肯的脸上看到沮丧和痛苦，借以宣泄一下这么长时间以来他带给他们的郁闷，可是他们很失望，因为肯的脸上始终微笑着，仿佛他的行动又一次得手。

“被人留意和关注难道不是一件值得高兴的事情吗？”肯笑着说。

不要揉碎别人的那朵云

昨天，收到一位大学同学发来的邮件，一直骄傲的他忽然变得有些颓丧，他说："我的云朵被揉碎了。"

他毕业后一直在远离家乡的地方生活，在当地的税务局做个小职员，娶妻生子，生活得平淡而安逸。他不喝酒、不抽烟、不赌博，唯一的业余爱好是绘画，常常背着他的画夹去野外写生，他最喜欢画的是云朵，一朵一朵不同姿态的云，在他眼里，是那样美丽，令他着迷。

当他把一朵朵云转移到他的画板上的时候，他是宁静而快乐的。简单的生活，可以让灵魂自由自在地呼吸。

放长假的时候，他回到父母身边小住，那是一个更大更繁华的都市。起初团圆的喜悦和新鲜激动着他，听听事业各有所成的哥哥姐姐大讲他们的发家史，更是让他感到妙不可言。坐在一起把那点故事讲了几十遍后，哥哥姐姐们开始把话题转移到他身上，开始品评他的性格，他的思想，他的衣装举止，他的家庭工作……在与哥哥姐姐们的成就相比之后，他的一切统统被贴上了"失败"的标签。他说："他们用心良苦地帮我彻底了解了自己，他们解剖了我，得出了正解的'研究成果'，但是我也支离破碎了。"

读他的电子邮件，我悲从中来。朋友说他“变得不能自己思考……”他被爱他的人说糊涂了，一下子感觉现实很迷茫。

哥哥姐姐们开始为他设计未来，有的要给他投资，让他下海淘金；有的想把他从外地调回来，“你不能再这样消沉下去，你要养成一些更适合与人交流的爱好，你又不想当画家，不要成天画那些呆板的云朵。”他的喜好在他们眼里变成了一无是处。他的云朵被他们的逻辑彻底揉碎了。

本来在自己的一方小天地里过得好好的，有自己安静的生活，却忽然有一天，那片安静的云朵被撕碎，生活的天空也变得混乱不堪。

曾经看过一幅关于小狗史努比的漫画：史努比在冰上溜着玩得正高兴，走来一个穿溜冰鞋的小女孩严肃地纠正它说：“你连溜冰鞋都没有穿，这不是溜冰，只不过是滑行！”史努比一下子茫然了，停下来呆呆地自语：“我还以为我刚才玩得很高兴呢！”

史努比变得忧伤，一颗轻盈的，在冰面滑行的心，变得无比沉重。

我的朋友就像史努比一样，在一段时间里，迷茫着，不知所措。但最终，他还是拒绝了亲人们的热情帮助，因为在他看来，他心中的那些云朵比任何财富都重要。

每个人都有属于自己的一朵云，那朵云不分贵贱，不分高低，你不能轻视它，更无权嘲弄它。所以，任何时候，经过别人心灵的时候，都要小心，轻拿轻放，尽量不要揉碎别人的那朵云。

天空没有一朵云是脏的

天空没有一朵云是脏的，所有的云都絮着柔情，藏着眼泪。在擦拭天空的同时，它们也在清洗自己，让自己时时刻刻保持着洁白。

我所在辖区的监狱里有这样一个女犯人，总是把自己的头发梳得整整齐齐，衣服也板板正正没有褶皱，一个小镜子从不离身，一有闲暇，便认真检阅一下自己，不让自己有一点邋遢，不允许身上有一丁点的污渍。只是，她是伤感的，一声声叹息就像簌簌而落的叶子，听着不免让人动容。监狱长担心她得抑郁症，让我们多留意她一些，防止她有轻生之念。

她叫云，人如其名，举手投足间尽显优雅，让人无论如何也想不到是个正在服刑的女犯人。

监狱长安排了一次一对一的感化教育，我谈话的对象就是云。这是一次很成功的交流，我们彼此都说了很多。她讲她的过往，一桩桩一件件，虽然有过切肤之痛，但从那痛苦里也磨砺出了一种安静和满足，璀璨如珍珠。只是因为那一次失手，一个完美的瓷瓶破碎了。

因为自己十五岁的女儿被一个小混混欺负，温柔的她竟然拿起水果摊上的一把刀子冲了过去，所幸那个人命大，抢救了过来，却也造成了终身残疾。

温柔贤惠的她，那一刻竟然如同一头暴怒的狮子！

她说自己一直都是女儿的骄傲，可是现在，自己让女儿多么难过啊，以后女儿在同学面前会抬不起头来的，因为有了一个劳改犯的妈妈。

哎！她不免又叹息起来，一片叶子落下来。

她说女儿的爸爸在女儿刚刚三岁的时候就出车祸去世了，她始终没有再嫁，自己一个人一边工作一边把孩子抚养长大。外人看来她是清苦的，她却觉得和女儿相依为命很幸福，女儿是她的全部，她的命根子，她不允许任何人伤害她的女儿。所以，那一刻脑子里只想着女儿被人欺负了，她要保护女儿，却没考虑过严重的后果。

进监狱后，女儿只来看过她一次。女儿哭着对她说，一个人生活很辛苦，上学经常会迟到，做饭也总是糊锅，好几天没吃到菜了。她心如刀绞，向女儿忏悔：都怪妈妈，妈妈太冲动，犯下这个错误，让你一个人在外面受苦了。

女儿说同学们都知道了这件事，她每天都要被别人的嘲笑和白眼淹没，她正在考虑要不要退学。

她便更加自责，一遍遍地捶打自己。女儿似乎不肯原谅她，从那以后，再也没来看过她。

她每天唯一的企盼就是看到女儿，担心女儿会嫌弃她，她总是尽力把自己拾掇得干干净净，不让自己身上有过多的劳改犯的颓废和腌臜。

“女儿会原谅你的，再说，你的冲动也是出于保护她的目的，她会懂的。”我安慰她。

哎！又一片叶子落下来。轻轻的叶子落在她的心头，让她有些无法承受。

“我已经碎了，脏了。”她说。

“不，你没有碎，你仍是完整的。”我说，“你见过天空上有脏兮兮的云吗？”

她自嘲一般地说：“其实云也有脏的，比如乌云。现在的我就是乌云，表面上看干干净净，事实上却已经脏了。”

“不，”我纠正她，“乌云不是脏，它是在孕育一场雨，一场雨过后，它会变得比以前更洁白。你的女儿肯定也会喜欢这朵比以前更洁白的云。”

“你是说，我的孩子会原谅我，还会来看我，是吗？”

“当然啊，不信你看，那是谁？”我用手指着窗外正一路小跑着向这里飞奔的一个婀娜多姿的少女，像一只蝴蝶，扇动着满世界的香气。

“是我的宝贝女儿。”她不停地擦拭着眼睛，不敢相信这是真的。“这到底是怎么回事啊？”

“都是监狱长想得周到啊。”我告诉她，“从你进来的那一天开始，监狱长就一直很关注你，看你行为怪异，担心你会想不开做傻事。得知你有一个相依为命的女儿，就去你女儿的学校做她的工作，还和学校的校长老师们说了你的事情，让他们理解你一个做母亲的心。现在，学校里的孩子们已经不再排斥你女儿了，你女儿的学习成绩也稳步上升。你女儿还说，等成绩单出来了，要拿给你看呢！”

我看到她的眼泪不可遏止地涌出来，我击中了她心底最柔软的部分。

看着她和女儿紧紧相拥在一起，我终于松了一口气。

这次感化教育，让我深切体会到，每个人的心都或多或少有一些污点，但是只要懂得用忏悔的手帕去擦拭，那颗心就一定还会干净如初。

就像天空的云，没有一朵是脏的。

芒种

种一个情人会收获一大堆情人。我不要那么多，我分不出那么多的身心。只要一个即可，我选择从一而终。

——芒种

擦肩而过的忧伤

那时候，我的朋友很年轻，刚刚二十出头。他爱上了班级里一个美丽高傲的女生，他在自己的春天找到了他想要的花朵。

只是这朵花太芬芳太高贵，高不可攀，他不敢正眼看她，只能怔怔地望着她的背影。

他迟迟不敢和她说出那个字。他的羞涩，他的自卑，使他失去了那个春天最灿烂的颜色。

他终没有握住那份爱情，眼睁睁地看着她走进别人的怀抱。他开始消沉，人生从春天迅速地滑向秋天。

他颓废，每天与酒为伴。他的性格与他的生活相辅相成地像滑滑梯一样一落到底。

更滑稽的是，十年后，她离了婚，在一次同学聚会上，她借着酒劲儿，和他说，她当年在学校里暗恋过他，可是，因为他才华横溢，人又那么清高，所以不敢向他表白。

这句简单的表白，于他却是如雷轰顶。

从此，他活在痛苦里。他和我说，他这一生都在为这次擦肩错过的缘分而难过，现在的他，好像有了抑郁症的兆头。

我开导他，过去的就让它过去吧，人不能总是陷在遗憾里，无法自拔。

“现在握住的，就是幸福的，不要为那些远去的东西而伤感吧。你想想，你现在的爱人，你现在的孩子，难道不是让你快乐起来的因由吗？”

他有所顿悟，是啊，一朵花，走远了就走远了，它的芳香只能留作回味。

吴念真有篇文章叫《思念》，讲的是一个念小学的小男孩，喜欢上了同班的一个小女生。但两个孩子的家长都很默契，认为这么无邪的好感，是不能被破坏的。后来小女生要移民了，去加拿大，小男孩的爸妈本以为他会特别伤心，没想到他只是高兴，放学之后就回家查地图，看加拿大在哪，从未表现出一丝伤心。大概过了半年还是一年的时间，小男孩去学校大扫除，回来的时候手里捏着几根东西。他爸爸问，这是什么呀？他说，这是她的头发！然后，就抱着爸爸的腿哭了……

真的很理解小孩子伪装感情时的不易，以及那种拼命掩饰思念的压抑。这小小的年龄，便经历了一种擦肩而过的忧伤，并且是那般的隐忍与美丽。

有一天，两只陌生的蚂蚁在地球的一个角落偶然相遇了。它们彼此交碰着触须，互相打量着对方，想说些什么，却欲言又止，然后各自向相反的方向爬去。

但是在路上两只蚂蚁的想法竟是一样的，它们想到："它是一只蚂蚁，来自很远的一个同类，在这样广大的地球表面，在这样悠久的时空当中，我们生命短暂，我们体型微小，却不期而遇。"

"可是我们竟没有彼此拥抱一下。"

它们离得越远，就感到这遗憾越明显。

几年来，我一直在玩一个网络游戏。那是一个感伤的爱情故事，有四种结局，男主角让你去帮他完成他无法完成的心愿，去给密室里的女化学家戒指。但需要注意的是，屋角有只可怕的大狼狗，碰到它就完蛋了！这个游戏我一直没有完成过，那只可恶的大狼狗总是在我即将成功的时候出现，阻止了我的梦想。使我无法替男主角完成他未了的心愿。我们的人生莫不如此，有些美好的事物，与我们，总是差那么一点点，一点点，擦肩而过，带给我无边无际的忧伤。

这个世界本来就是这样，风景不会都是你自己的，你总要与一些风景擦肩而过。

当你与一朵花擦肩而过，别难过，春天并未走远。爱一个人是美的，你的爱也会使对方变得更加可爱，你没摘到的，只是一朵花，整个春天还在。我们唯一能做的，就是让自己的生命中尽量少一些遗憾。比如，那两只蚂蚁，此生若再次相遇，一定会给彼此一个亲密无间的拥抱。蚂蚁告诉我，要珍惜每一个与你不期而遇的人，比如，一旦有一朵令你心仪的花出现，你千万别让它轻易地再与你擦肩而过，别让整个春天因为一朵花的缺失而黯然失色。

擦肩而过的人，因为把一缕芳香留下，那远去的衣袂必定也会是十分动人的吧！

季夫老师的精神钙片

季夫老师是我的语文老师，也是我初三时的班主任。他贫穷、瘦弱，像一粒干瘪的种子。

父亲说，季夫老师是我们村子里第一个大学生，他应该留在大城市的，不该回来。

我的父亲是季夫老师在这个村子里唯一可以谈心的朋友，“是啊，不该回到这片贫瘠的土地上来，做了一粒干瘪的种子。”季夫老师在和父亲喝完酒后，偶尔也会表露出他的遗憾。但更多的时间里，我感受到的是他对我们孜孜不倦的爱的教育。

在我的印象中，季夫老师始终是个干干净净、轻轻飘飘的人，甚至走路不带起一粒尘土，举手投足不扇起一阵微风。一件中山装已经洗得发白，却总是板板正正，没有一丝岁月的尘灰与褶皱。

他喜欢给我们讲故事，并通过一个个故事传递给我们做人的道理。听他的故事，如同泉水滋润心灵，干净、舒适。

他讲的课也是干净的。教书的时候，他没有丝毫旁骛。课堂变成了他一个人的舞台，他在那里忘我地演出，而我们的好成绩便是献给他的掌声。

我是作为留级生才有幸来到季夫老师的班级，得以接受一生难以忘怀的教育的。

那时，我在骨子里瞧不起留级生，可是没想到，自己有一天也做了一回“蹲级包子”。为了能够考上县里的重点高中，在父母的一再坚持下，我只好选择留级。我忐忑不安地来到班级，季夫老师是这样向同学们介绍我的：“让我们大家向他祝贺，同一个年级读两次，他是幸运的。因为他可以得到两倍的同学和朋友。”同学们真诚地为我鼓掌，我真诚地向他们鞠躬。

那是我既艰苦又美好的初三生活。

中考前的一个月，季夫老师和家长们商量，让学生们吃住在学校，以全力备考。那一个月是我生命中最难熬的日子，常常由于紧张而失眠。为了保证学生们能安然入睡，季夫老师每天临睡前都给我们吃一粒安定片。直到顺利通过中考，没有人怀疑是这一粒小小的安定，给了我们莫大的帮助。考试成绩下来了，我们班是全校考得最好的，15个人考上了县重点高中，其中就包括我这个留级生。那天，季夫老师很激动，并告诉了我们一个秘密，他说他每天给我们吃的只不过是一粒钙片而已。

季夫老师的钙片，让我们的精神之树无比茁壮。

季夫老师，一肩明月两袖清风，因为干净而清贫，也因为清贫而干净。其实他本不必如此清贫的，他在城里的一个位高权重的老同学有意帮他走出这个小村子，去更广阔的天地。他很倔强，他不走，他说他是扎根在这村子里的一棵老树，换了地方就会水土不服。

他不走，他把一切都留在了这个村子里。他在这里出生，也在这里逝去。

暑假回家的时候，我听到了季夫老师去世的消息，父亲和我说，季夫老师是在讲台上晕倒的，他的一辈子都是在这讲台上度过的。

我去了季夫老师的讲台，依稀能够感觉到他的呼吸。我看到黑板上依然留着他的笔迹，那是他为孩子们上的最后一课：有的人死了，他还活着……没想到，这段诗歌竟成了他的悼词。

多么贴切的悼词!

其实季夫老师是太过劳累了，师母常年卧病在床，里里外外都需要他一个人来打理，而对学生们，他又是竭尽了全力，他透支了自己的生命。那一刻，我真正懂得了呕心沥血的含义。

季夫老师，从没有大声与我们说过话，但他的声音却能很深地穿透我们的灵魂。

季夫老师，整天一副弱不禁风的样子。但羸弱的他在黑板上写字的时候，却是颇有力道的，他能写出一手漂亮的正楷，规规矩矩的字，像他正大光明的人。

季夫老师，这粒干瘪的种子，是我们的精神钙片。

假如灵魂里没有月亮和星星

一个奴隶想获得自由。“那么，请你光着身子到最高的山头上过一夜。”主人说。奴隶义无反顾地去了，为了他的自由。

晚上的风，像刀片一样切割着他的身体。他不停地蹦跳，依然挡不住不停地哆嗦。快要熬不住的时候，他看到了月亮。他想，那是多么旺盛的一堆篝火啊！他对着它伸出双手，似乎感觉到了一丝温暖，使他挨过了一夜。

第二天早上，他回到主人的庄园，主人问他这一夜是怎样度过的。他说他把月亮当成了一堆篝火……“我不能给你自由，因为你用月亮取暖了。”主人摇着头说。奴隶哀求主人再给他一次机会，主人说：“好吧，但今夜你不能看月亮。”

为了自由，奴隶又一次来到了高高的山上。冷风像无耻的匪徒，专门抢劫人身上的温暖。奴隶使劲蜷缩着身子，依然无法抵挡那疯狂的劫掠，他身上所有的温暖瞬间便被抢劫一空。他孤零零一个人在高高的山头，和寒冷对峙着。自由在苍茫的远方向他招手，那是他心头上唯一的火焰。为了不看到月亮，他背转身体，那个夜晚，像一辈子那么长，他真的有些快熬不住了。这时，他无意间抬头看到了星星，他想，这些可爱的小东西多么像一闪一闪的灯笼啊，把它们握在手里，也可以暖暖身子吧。虽然没有篝火那么温暖，却也可以不至于让他的身体僵硬。他便对着星星不停地喃喃低语：慈悲的灯笼啊，借我点光热吧。就这样，他终于熬到了天亮。

主人听了他的经过后，对他说："我还是不能给你自由，因为你用星星来取暖了。"

"你还要你的自由吗？"主人轻蔑地问。

"是的，我要。"他坚定地回答。

"那么，你不能用月亮和星星取暖。你只能靠你自己。"

为了不让他看到月亮和星星，主人蒙上了他的眼睛，并捆绑了他的双手。

"去吧，为了你那该死的自由。"主人派人把他送到了死神的山顶。

连无情的风都有些同情他了，这天夜里不再呼啸。即便如此，那山顶的冷也足以把一个人冻僵。他在黑暗里蹦跳着，他在给自己打气：过了这个夜晚，就会得到自由！但风终究是无情之物，半夜的时候又开始肆虐起来，他躲进了一个岩洞里，瑟缩成一团。他开始想念月亮和星星，他抬头，却再也看不到月亮和星星，到处都是黑暗。他的身体慢慢地僵硬了。

恍恍惚惚之中，他感觉到火光冲天，硕大的太阳正暖融融地烘烤着他，他来到了天国，他终于得到了他的自由。

上帝通过奴隶的口，向世人传谕：没有诗意的月亮和星星，人的灵魂便会慢慢僵硬，因为它再也没有办法取暖。

捡得人世几粒糖

那日在公交车上，一个很少见的穿着带补丁衣服的老人，满面笑容，从背着的口袋里不停地向外掏着什么，我看清了，他竟然在向满车的人分发糖果！我们有些不明就里，也大多不敢接他的糖，看我们犹疑，他喜滋滋地说，今天他的闺女结婚，他要大家分享他的快乐！

从他的穿着来看，这定是个寒酸的人，可他竟然毫不吝惜地给陌生人发那些他平时不舍得吃的糖果，大概是他的内心真的过于喜悦吧。

我含着那块水果糖，一整天的时光都甜了。

大家纷纷向他表示祝福，真诚的祝福，也是一粒糖，那份甜蜜里面，蓄满温暖。

二十岁那年，我临时找了一份邮递员的工作，那时候经常去学校送快递。

有一个经常在网上买书的高中女生，我几乎每周都要给她送一次快递。

因为知道她的班级，所以每次我都会亲自把书交到她的手上，她的班级在六楼，大概是觉得我每次爬楼挺辛苦的吧，她竟然每次都会给我一粒包装精美的糖果。开始的时候我不要，可她硬生生地往我的兜里塞，嘴也很甜，一口一个哥哥地叫，让我觉得这六楼爬得也值了。

不做邮递员之后，再也没有见过那个小女生，但我在心里，总会想起她，一个像我妹妹一样的孩子， 想起她送给我的糖果， 虽然我们都不知道彼此姓甚名谁，可是就是这么单纯地相信别人。

回忆起来，真的是一件很甜、很温暖的事情。

从那以后，我很相信陌生人，也许很多人与我们擦肩而过，一辈子都没有办法再见，但是，他们曾经的一个暖暖的微笑，一句善意的提醒，都会永远留在记忆里。

比如现在，我刚刚在火车上通过笔记本电脑打完这篇文章，我旁边坐下了一个民工大叔，两三句寒暄过后，我们俩便开始聊起了他在全国各地打工的种种见闻。

对我来说，这是一种新鲜的接触，一个新的世界的打开，也是一种毫无保留的信任。我想，我的这种信任，这种盯着他的眼睛，静静地倾听的姿态，对于他来说也是一粒糖吧。

朱德庸说：你的好对别人来说就像一颗糖，吃了就没了；你的坏对别人来说就像一道疤痕，留下就永久在，这就是人性。我们只能把握好自己内心的纯洁，记住别人给我们的糖而非疤痕，这样的世界才是我们真正想要创造的世界。

那么，就去做一块糖吧，尽管会融化，但终究甜过那样的一段时光，那一小段时光里，如果没有阳光，它可以为你带来些许慰藉；如果有阳光穿过，那么落在你指尖上的，你脸颊上的那一抹，也定会比以往更温暖吧。

见到美，请行个礼

中国围棋的领军人物常昊当年在中日围棋擂台赛上崭露头角，以其优雅的举止谈吐和完美的棋风赢得了棋迷的喜爱，就连他的对手武宫正树在赛后都向赢了自己的常昊深深鞠了一躬。在赛后的新闻发布会上，记者特别问到了这个鞠躬的含义，武宫正树说："见到美，是要行礼的……"

小泽征尔在指挥瞎子阿炳的《二泉映月》时，眼里闪烁着晶莹的泪花。他一定是感受到了阿炳的心灵，想象着阿炳如何孤独地面对着泉水拉琴，他完全洞悉了一个在黑暗中流浪的凄苦的音乐家内心的感叹。

小泽征尔的眼泪，是对阿炳和他凄凉柔美音乐的一种敬礼。

伊拉克战争期间，我在报纸上看到了一幅拍摄于战火纷飞的伊拉克的照片。照片上一位美丽的新娘正在婚纱店试穿婚纱，而她身后则是战争留下的满目疮痍，与之形成了强烈的反差。而更让人心生感动的是图片底下那段文字说明所交代的背景：新娘刚刚布置好的新房被炸掉了，所有人都以为她会推迟婚礼，但她没有，她说炮火不会阻挡她的爱情。当时城里的美军到处在搜索伊拉克的武装分子，每个人都高度紧张，但看到了婚纱店里美丽的新娘，那些荷枪实弹的美国士兵纷纷放下了手中的武器，干脆坐在地上，或嚼着口香糖，或吸着雪茄，兴致勃勃地欣赏了起来。

战争没有让美消亡，那些士兵对她的品头论足，是另一种方式的敬礼。

美有着不可战胜的力量，古希腊有一个关于美的著名的例子：

芙丽涅是当时雅典最美的女人，在祭祀海神的节日里，借洗礼仪式之名，她裸体从海水中跳将出来，面对着祭神的人们，因此她以渎神罪被法庭传讯。富有戏剧性的是，在审判时，辩护师希佩里德斯让被告在众目睽睽之下揭开衣服裸露躯体，并对在场的501位市民陪审团成员说：难道能让这样美的乳房消失吗？最后，法庭终于宣判被告无罪。19世纪法国画家热罗姆还以此为题材画了一幅油画《法庭上的芙丽涅》。画中的芙丽涅处于中心位置，刚被掀开衣裳的一刹那，她以臂遮脸。芙丽涅的通体红色在辩护师蓝色外套的衬托下显得格外鲜艳，后景和中间幽暗部分的处理把女主角凸显出来了。她显得异常纯洁、妩媚、完美无瑕。她的姿势是典型的希腊式，微微扭动的身子，使曲线的韵律更加丰富。由于当众裸露，她下意识的遮掩动作使感情得到了升华。芙丽涅的表情楚楚可怜，且有几分羞涩，显得格外娇媚动人。站在一旁的辩护师的姿势和表情异常严肃、坚定，美的高尚和不可亵渎的意志均在他的姿势、表情中得到体现……

我们徜徉原野，贪婪地嗅着花香，那份陶醉就是在向花朵行礼；我们仰望天空，借月亮的银辉思念远方的人，那份虔诚就是在向月亮行礼；我们驻足阳台，用柔软的云的手帕来慰藉在尘世奔波劳碌的心，那份宁静就是在向云朵行礼……

红尘中的人，发现美已属不易，为美行礼的人更是寥寥无几。就像油画《法庭上的芙丽涅》中所绘的那样：在看到芙丽涅美妙的身体时，众法官的脸上除了怜悯和领悟之外，还有贪婪、呆滞的目光以及失措的表情，这充分显示了在美面前的人生诸相以及人性的复杂与矛盾。

所以，如果你见到了美，请不要忘了行礼。

借一段苦难渡自己

生活就像一条河的两岸，你在此岸，若想看到对岸的风景，必须渡过去。而苦难是两岸之间唯一的竹筏。

若你在荣华富贵里安享一生，那只能算是半个人生。

我有一个“富二代”朋友，不用工作，每天变着法儿的玩乐，因为老爸是个大老板，丰厚的家业几辈子都花不完，他根本不知道苦是什么滋味。

最近他开始无聊起来，说是没有什么好玩儿的，生活像一潭死水，除了钱，再无其他。甚至，他还有了轻生的念头。

这不纯粹是吃饱了撑的吗？他这饱汉子不知饿汉子饥的心态令我们愤愤然。我们可没时间陪他玩儿，我们要工作，要养家糊口。他哀求我们，要给我们开数倍的工资，只要我们陪陪他。

面对这“病入膏肓”的人，我们决定给他下一剂“猛药”。我们陪他玩一个游戏，让他变换一下自己的身份，体会一下做穷人的滋味。他有些好奇，觉得这是个不错的玩法，欣然应允。

他骗父母说自己要出去旅游，而我们则把他身上所有的钱都拿走，并监督他，不许他向家里要一毛钱或者打电话求助。如果他违反了规定，就自动成为游戏的失败者。如果他能坚持一个月，那么他就赢了，我们也会愿赌服输，任凭他发落。

他毕竟是在富人家长大的，娇生惯养，从没干过活，可是游戏逼迫他必须找到一份零工，以保证自己有钱吃饭。他没有工作的经验，找了许多活，都做不来，最后，跑去一个小餐馆给人家刷起了盘子。餐馆的人万万没有想到，这是个家资过亿的人家的孩子，还以为只是个勤工俭学的大学生呢，处处都挺照顾他的，还特意腾了一小块地方，为他安了一个折叠床，晚上让他在这里休息。

总算熬过了最开始的两天，可是第三天，他就彻底熬不住了，他觉得太苦了，这简直就像是地狱的生活。白皙滑嫩的手变得粗糙了，一丝不苟的头发也凌乱不堪，他从没想过，人间还有这么苦的境地。可是，就是这如同地狱一般的世界里，竟然顽强乐观地生活着那么多人，他们每个人看上去都那么快乐，像一株株顽强地在困境里茁壮成长的植物；而他，一个家资过亿的富家公子，却一直萎靡得如一张没有中奖的彩票，被生活揉成一团，扔掉。

只坚持了三天，他便服输了。他说不会再缠着我们陪他玩儿了，因为他知道，从此以后，他也有自己要做的事情了。

他说他要去做自己的事业，他不想再做一个无所事事的寄生虫。他说，“富二代”本来是个中性词，现在却普遍被当成是贬义词了。就是因为每一个富二代，或多或少都有些“残疾”，他们缺钙缺得太严重。

而吃苦是补钙的最好方法。

对于他的转变，我们自然感到欣慰，他虽然输了游戏，人却一下子有了精神头儿，像久旱的花，突然等到了一场雨，全身每个毛孔，都在努力张开，接受生活的淋浴。

经历了这一切，他才知道，生活还有一个彼岸，如果没有那三天的苦，他永远过不来这边。现在的他，才是完整的。

马克·吐温写过一本书，叫《王子与贫儿》，由于偶然的巧合，面貌酷似的王子和乞丐因互换衣服，从而导致了命运的颠倒，上演了一幕幕悲喜剧。生活在对方立场上的两个少年，在此期间懂得了很多东西。王子深深了解了民间疾苦，乞丐也体会到了统治一个国家的艰辛。我想王子应该会感谢上天的这一次安排，因为借了一段苦难，让自己的心灵，渡到了另一个彼岸。

有一些苦，是应该尝尝的。

就像有些人内心的苍白，需要靠苦难来医治。

惊心动魄的玫瑰

听同事说，他老家西山的墓地旁边有一片地，被人开垦出来，种植了大面积的鲜花。他激动地向我们描述花开时节的那种盛况：花团锦簇，蝶飞蜂舞，令人惊心动魄。我们都觉得“惊心动魄”这个词用得有些夸张。可他一再地说，如果我们身临其境，也会用同样的词语来描绘。被逗弄的心，奇痒无比，就想一刻不停地赶到那里，闻一闻那万千朵花凝聚到一起的香，会把一颗灵魂酵成怎样的佳酿。

于是，当主任提出郊游的建议时，我们不约而同地想到了这个地方。我们迫不及待地要去赶赴与鲜花的约会。

惊心动魄！果不其然，当我第一眼看到它们的时候，第一个想到的词语竟然也是它。我见过很多大型的花园，但像这种全是清一色的红玫瑰的却很少见到。漫天的红色排山倒海般压过来，一漾一漾的风把花香一波波地送过来，整个世界霎时间变成了一个小小的只属于童话的村庄，来安置我们受到惊吓的眼睛和陶醉的心。

遗憾的是，这种陶醉并没有持续太长的时间，便被一群商贩破坏了。他们在一起叽叽喳喳，似乎正在为鲜花的价格争论不休。

再美的花朵，和钱一沾边就变得不那么美了。当我们置身于这片花的海洋，惊艳之外，第一时间想到的便是猜测这片花园的经济价值，并开始为主人聪明的经济脑瓜心怀嫉妒地赞赏不已。我们在心里拨弄着算盘：按照市场的最低价格，一束花50元钱，那么这里的玫瑰至少可以扎出上万束花，那是多么大的一笔天文数字啊！

商贩们不停地往车上搬运着一袋袋包装好的玫瑰，他们要抢在情人节之前将它们再重新包装，发往各地，贩卖给尘世中那些涂脂抹粉的爱情，那些爱情需要靠它来装扮。尤其是北方，正在飘着雪花，需要玫瑰去温暖那些苍白和寒冷的灵魂。

花园的主人是一个上了年纪的老人，由于长时间的劳作，他的背驼得厉害，但从他布满笑容的脸上看，他的心情非常好。尤其是他在数钱的时候，眯缝着眼睛，那种贪婪的神态让人生厌。我想，一定是那些金钱让他阳光灿烂。那一刻，我感到他身后那排山倒海般的红正在慢慢退色。

一些来得晚没有贩到鲜花的商贩不停地抱怨着，并跟在老人身后不停地纠缠，原因是老人还有一块“不动产”，大约有一亩地。可是不管商贩怎样苦口婆心，并且把价格一再地提高，也没有打动老人的心。老人很固执，只是一个劲儿地摇头。

“这老头，肯定是想抬到更高的价钱。”同事们纷纷议论。

庆幸的是，我们每个人都以批发的价格提前预订了一大捧玫瑰，准备回到城市点燃自己多姿多彩的爱情。付钱的时候，我忍不住揶揄着那个老人：“挣这么多钱能花得了吗？家里还有什么人啊？”老人嘿嘿地笑了：“没什么人了，只有一个老伴，在那儿呢。”顺着老人的手指，我们看到了一座坟墓。与其说是坟墓，不如说是一个被精心侍弄的花园。坟墓周围，有一亩地那么大一片火一样燃烧着的玫瑰，正是老人坚决不卖的“不动产”。

老人说，他的爱人在年轻的时候就因为难产死掉了，孩子也没有保住。他孤身一人过着剩下的日子。老人的爱人生前最喜欢的就是花，各种各样的花在她的侍弄下都变成了花的精灵。她走后的日子里，那些花成了他唯一可以倾诉的对象，他每天对着它们唠唠叨叨，像和她生前一样，每天把生活中的琐事挂在嘴边，含在嘴里，不停地咀嚼。他在她的坟墓旁边都种上了鲜红的玫瑰，他每天徜徉在花的海洋中，回忆他们没有走到头的一生。她在地下，他在地上，但并没有阻止他们的交流，这些花就是他们之间的使者，一朵花落了，他就认定是她累了，要睡一会儿。一朵花争先恐后地绽放，他就认定是她醒了，要和他聊天，他就坐下来，把生前他们津津乐道的话题一遍遍地重复着，唱那些她喜欢的老情歌，翻看一些退了色的照片……在他眼里，那些花朵是会说话的，在他们之间慢慢流淌着从不曾枯竭的温柔之水。

慢慢地，老人的玫瑰越种越多，就有人来他这里买他的花，刚开始的时候他不卖，后来一想，自己也没有别的本事挣钱，这也算是一个不错的挣钱的途径，而且还可以每天在这里守着她。他就干脆在这里给自己盖了间小屋，每天守着那些玫瑰，快乐地过着他余下的日子。

这一次的惊艳甚于第一眼见到的花海，我们只在杂志上看到过这种煽情的故事，没人敢相信这是真的。可是老人在，玫瑰在，那个小屋在，那个花园般的坟墓也在。“明年俺要把那片地也开垦出来，种子、肥料，到处都需要钱哩。”老人向我们指了指远方的一片地，雄心勃勃地说。

那些买到这些玫瑰的人有福了！这些花朵是献给真正的爱情的。它们会说话，但不是简单的海誓山盟。当尘世中涂脂抹粉的爱情纷至沓来，令人目不暇接的时候，我们需要用它们来点燃真爱的花香。

这片玫瑰园从此成了我们每年必来的“心灵圣地”，当我们看到那些燃烧的花朵，触摸到满地阳光的时候，感受到了老人忙碌的身影上重叠着的温馨的旧日时光。老人老了，或许生的时日也已不多，但他的玫瑰还在，这些会说话的花朵会一直在这里蔓延，蔓延成海，将城市里那些即将僵硬的植物们纷纷唤醒。

老人累了，在花丛中打着瞌睡，蜜蜂用它们的吸管存储着花蜜，蝴蝶用它们的翅膀运送着花香，而老人依然在不停地自言自语，仿佛是对他的老伴念叨着：睡吧，一切都在，一切都好。

眷暖贪香

生命，长如太阳，周而复始，短如蜉蝣，朝生暮死。

在尘世走了一遭，我不想到处都是冷冰冰的墙壁，我用烤炉里的光热，暖它，那墙壁上就有了火光在跳跃舞蹈，那墙壁就活了过来，月光也来凑热闹，冷冷的月光，因为墙壁的体温，也渐渐暖了过来。

不老美人伊能静曾说过，我的青春期如此漫长，就像某个部分停止成长，一直没有长大，没办法长大，不愿意长大，然后直接老去。

我和她一样，不忍衰老，甚至不愿长大，只做一个眷暖贪香的孩子。眷的，是不谙世事的暖；贪的，是涉世不深的香。

在我推开窗子的一刹那，一片叶子落了进来，令我惊醒：秋天来了，无声无息的，蹑手蹑脚的。风没有一丝凉意，如果不是这片枯黄的叶子，我还喜滋滋地享受在夏日的情怀中呢！茨威格说，人变老意味着不再对往事感到害怕。悄然就到了中年，岁月到了喝下午茶的时段，可是一颗心仍旧不肯服老，仍然在年轻的时光中徜徉。这样也未尝不好，秋天不见得多么悲凉，只要你在你的夏天，积聚了许多美好的回忆，那些回忆的炭火，就会温暖秋天以及随之而来的冬天。

眷的，是旧年华的暖；贪的，是回忆里的香。

安慰一个哭泣的人，最好的方式不是说“不要哭”，而是陪着她一起哭泣。但是每个人都有一个死角，自己走不出来，别人也闯不进去，只能把最深沉的秘密放在那里。很多苦，只能自己去找出口。尽管已备好了纸巾，但也请你，不要轻易地流泪，也不要轻易地把死亡说出口。一次恋爱的失败，不代表青春的失败。

就像最初的恋爱在很大程度上是对我们整个青春的恋爱，不是特别针对某个人。有时候，我们爱着的仅仅是一个名字。多年之后，努力回忆，却始终无法令那个人的轮廓在自己的脑海中成型，只有一个冷冰冰的名字，被我们硬生生地抹了一层奶油。以为这样，就是千般恩宠，万般美好。

向日葵搬出体内全部的金黄，只为，去迎太阳那一个热辣辣的吻。

梦里，我养的一只猫死了，我悲痛地醒来，发现它安然躺在我的被窝里，我便是幸福的。

睁开眼睛，看到阳光使劲儿地从窗帘的缝隙里往屋子里挤，我便是幸福的。

整个世界是一场绚烂的烟火，你是否肯不遗余力地燃烧自己，让自己融入那璀璨里？

你要知道，在岩缝中绿的草，在悬崖边红的花，都是上帝格外恩赐的风景。

生命，有恣意妄为的挥霍，也要有谨小慎微的吝惜。有天马行空的叛逆，也要有安分守己的眷念。

所以，你还不能离世而去，鸟鸣，溪涧，风……好时光都还在啊！

我们还是一起做个眷暖贪香的孩子吧。眷的，是知足常乐的暖；贪的，是随遇而安的香。

快餐时代的鱼

朋友给下载了一个桌面，是一个很逼真的鱼缸，一个足可以假乱真的海底世界。朋友说可以随意添加或删除各种类型的鱼和诸如珊瑚、海螺等道具，同时他提醒我说，因为它们占用的空间比较大，可能会影响电脑的速度。

我开始添加各种各样的鱼：憨态可掬的水泡眼，雍容华贵的珍珠鳞，傲视群雄的龙睛，独树一帜的鹤顶红……每一条鱼都那么鲜艳、好看，我喜欢它们，它们让整个屋子都生动起来，在我疲乏的时候，它慰藉着我肿胀的双眼，它们悠闲地游着，为我枯燥的生命泛起一丝微澜。

可是麻烦接踵而至：电脑的速度开始慢了下来。那是我最不能容忍的。在这个时代，你比别人慢一秒钟都有可能被淘汰出局，每个商家都知道“抢先一步”对他们意味着什么。现代人，在时间里淘洗金子，在时间里建立王朝。争分夺秒是创业者的代名词。

我早已无法忍受等待的滋味，这是一个快餐时代，盛产麦当劳似的爱情，聊天选择群聊，打开好几个窗口，和不同的人说着相同的话。等待的那份美丽，早已荡然无存。

我删掉了憨态可掬的水泡眼，仿佛删掉了青春年少的一段快乐时光。那样的时光里，常常被一些眼花缭乱的事情搅得彻夜失眠，被电视剧里的故事蛊惑，那淌不干的稀里哗啦的眼泪，其实很多是为自己流的。

我删掉了雍容华贵的珍珠鳞，仿佛删掉了一段弥散着茉莉花香的初恋。现在，还有谁在用笔写情书？白纸，钢笔，一笔一画，饱含情意的字句倾泻在笔端，然后塞进绿色邮箱；收信的一方，听到邮递员清脆的自行车铃声渐渐近了，心跳加速，收信后迫不及待地打开……

这种朴素的爱情离我们有多远了，我们还能追上它吗？

我删掉了傲视群雄的龙晴，仿佛删掉了那时刻萦绕于心的梦想。我们还有梦想吗？谁能说出隐藏于心的秘密？谁能准确无误地测量誓言和谎言之间的距离？

我们只会像一个富有的守财奴，一日一日被自己渐渐积累的财富压垮。

我删掉了独树一帜的鹤顶红，仿佛删掉了自己棱角分明的性格。我们常常羡慕他人生存的方式，他们不用钱包，把零钱放在身上的各个角落；从来不记住任何约会，直到开始的前十分钟；穿着牛仔裤，想起什么歌就哼着什么歌……羡慕归羡慕，我们从不那样做，像一个木偶，仿佛每天的生活都是被计划好了的，按部就班地执行命运的指挥。

我的电脑又恢复了它的快速高效，为我高速运转的思维推波助澜。周末的时候，我又接下了一个活，本来答应妻子和女儿去郊游的，看来又无法成行了。女儿噘着小嘴，郁郁寡欢的样子。妻子端来一杯茶说，能歇歇就歇歇吧，总不能一辈子都奔跑啊……

总不能一辈子都奔跑啊，妻子的话让我一惊。是啊，现代人每天都在奔跑，与感动和爱擦肩而过，错过了多少美丽的事物啊！我喝惯了矿泉水，拿起来就喝，不用像喝茶那样还要慢慢地泡，慢慢地等。可是那一刻，我闻到茶的香味是那样沁人心脾，让我忍不住放下了手中的活，坐到了那杯茶跟前。

因为妻子的一杯茶，我开始怀念我的鱼了，如同怀念童年的时光、初恋的情怀……

我们的内心就像电脑，为了它的高速运转，被我们删掉了太多东西，只剩下利益，只剩下争分夺秒的欲望。

留下一尾鱼吧，在这个奔跑的快餐时代。让它鲜活你的生命，让心灵悠然地漫步，让心灵渐渐品咂出“慢”带给你的美好：慢慢守着一壶水的烧开，慢慢守着茶香的弥散，慢慢听完一首舒缓的曲子，慢慢地看一枚落叶旋着怎样的身姿飘然落下，慢慢地看一朵云千变万化……

我又开始往我的电脑桌面上添加鱼了，一条、两条……或许有一天，我将不再把它当作生活的工具，只当作一个鱼缸，供我的鱼儿在里面尽情遨游。而我则跷着腿，喝着慢慢煮了很久的咖啡，像怀念先辈一样捧起一份久违的散着油墨香味的报纸，在生活的另一处，慢慢游成一尾快餐时代的鱼。

快乐的甜指甲

诗人北北曾经写过一篇很短小的随感，里面记录了一件再渺小不过的事：“曾在办公桌上看到一群蚂蚁，它们蚁头攒动地簇拥在一片小指甲上啧啧吮吸，兴奋得无以名状。这是一片剥过龙眼或者巧克力后才被剪掉的指甲吧，上面残留着一丝微不足道的甜味，谁会对它生出兴趣呢？老鼠不会，猫不屑，但在蚂蚁的日子里却溅起汪洋般无边无际的快乐。”

这是一只蚂蚁的快乐，一片甜指甲带给蚂蚁的快乐，渺小琐屑，却真实生动。

我认识一个年岁很大的邮递员，胖胖的身子，每天骑着车子，气喘吁吁却快乐无比地穿梭于大街小巷。他那绿色的大帆布兜子里，没有一封信是属于他自己的，但他无比欢愉，他知道，那里面有急切、有慰安、有挂念、有叮嘱、有思念、有爱意，他帮助人们传递这样的情感所带来的快感，远胜于骑着单车上坡下坡的劳顿。他爱上了这份职业，日复一日，风雨无阻。

我们常常为他的快乐精神所感染，对于急着为我们带来福音的这个邮递员，对于他不敲门就进院的不礼貌行为，我们也常常能够轻易地原谅。

这个老邮递员，于这茫茫人海，也该算是一只蚂蚁吧。他找到了他爱着的一份职业，兢兢业业地去做，快快乐乐地去做，仿佛吮吸着那片充满甜味的小指甲。他渺小、清贫、缓慢，却走到我灵魂的前头去，他是我的楷模。

在时间和时代的摧残下我们行色匆匆，茫然地向前赶着。即使遭遇不幸，也不敢长久地哭泣，只怕错过了太阳又错过了星星；即使有美丽惊现我们卑微的生命，也不敢为一朵花儿停留太久，只怕为了一片树叶，失去整座森林。我们为了“得”，不断地去学习“失”，去习惯“失”，去刻意“失”。可是渐渐我们还是发现，我们的灵魂如同一个空屋子，可以常常刷新到全新状态了，也终于找不到往日生命中曾有的温存了。

一个人所求甚少，得到的快乐越多吧。放慢脚步，你可以那么悠然地看风景，于平静的心尖上，去欢喜每一个人，每一句话，像风一样从容。

即便你再苦，一个甜指甲总有吧。它可以为蚂蚁们溅起汪洋般无边无际的快乐，何尝不会在你的心间，荡起一丝甜蜜的涟漪呢？

蓝是月亮追求的优雅

以前，总是喜欢在夜里打开窗子，看一会儿月亮。那时候看月亮，清湛湛的，水灵灵的，仿佛随时可以滴出水来。可是现在不知道为什么，看到的月亮总是灰色的。是天空不再那么洁净了吧，是浸泡于世俗里的心不再纯粹了吧，又或者，是我的眼睛蒙了一层鸡毛蒜皮的烟火吧。我滴了几滴眼药水，努力眨巴眨巴眼睛，依旧无法把月亮从浑浊里捞出来。

直到听了妻子和女儿极富诗意的一次对话，我眼里的月亮才变回了最初的蓝。

“妈妈，今晚怎么没有月亮啊？”

“月亮躲到井里洗澡去了。”

“它为什么要洗澡？难道她一直都很脏吗？”

“不，因为它要把自己变得更蓝。”

“为什么要变蓝？”

“因为蓝是月亮一直在追求的优雅（女儿沉默了一会儿，她一定是被‘优雅’这个词给绊住了）。”

“可是，为什么我看到的月亮不那么蓝（这正是我的问题）？”

“那是因为你的眼睛擦得还不够亮（令我醍醐灌顶的一句）！”

女儿似懂非懂地慢慢睡去，月光从乌云里出来了，透过窗帘的缝隙，慢慢浮上她的脸。女儿似乎感觉到了月光的痒，在睡梦里伸着小手去捉。

妻子轻轻地将孩子放下，盖好被子，慢慢俯下身，亲吻女儿的额头，那样轻，猫一般蹑手蹑脚，仿佛怕惊跑了月光。

我问她为何不把窗帘都拉上，她说："留个缝儿吧，让月光进来，你看月光多美，女儿一定会喜欢的。"

会喜欢的。在那样的月光里，女儿会看到很多美好的东西。会看到梅花鹿，听到它轻快的蹄子敲击出的乐音；会看到一个个小蘑菇，愉快地从地面冒出来，好奇地张望这个世界；会看到静静的湖泊，和那水面上漂着的写满祝福的小纸船；会看到微风中轻轻晃动的灯笼，把黑暗赶得远远的……

那一刻，我相信，月光不仅仅浮在女儿的脸上，也定会滑进女儿的心里。"就算你拉上窗帘，月亮也在的。"我笑着对穿着蓝色丝绸睡衣的妻子说，"你也是月亮啊，看，你多么蓝！"

在妻子身上，我感觉到，慈爱，会让一个人变得多么优雅！

那一夜，我梦见一个小仙女，蓝色的精灵。她问我："喜欢月亮吗？"我说："喜欢，但是它还有点儿不够蓝呢。"小仙女就捣碎了手中的蓝浆果，用力去涂。我笑小仙女的可爱："那要涂多久才能把它涂得更蓝啊？"

"直到你爱上这个世界。"她说。

感谢这个梦，感谢梦里的小仙女，因为从梦里出来，我真的爱上了这个世界。

而在此之前，我曾一度对这个世界感到失望，因为白天里的钩心斗角、尔虞我诈让我身心俱疲，无法独善其身，仿佛涌进一个旋涡，只能不停地跟着俗念，随波逐流。但是从此刻开始，直到死去，我相信我看到的月亮都会是蓝色的，清湛湛的那种蓝，水灵灵的那种蓝。

那种蓝，可以洗净灵魂。

回想那个奇妙的梦，回想那个小仙女，我惊讶地发现，她一会儿变成了女儿的脸，一会儿又变成了妻子的脸。

离星星最近的地方

唐山大地震的时候，有这样令人终生难忘的一幕：一个救援者刚一进唐山市，就看到一个女人在向他招手求救。他立刻跳下车跑去，到跟前才看清她早已死了，而且是裸着身子死去的。她那黝黑的长发在风中恣意飘扬；白白的皮肤细腻而闪着光亮；两个粉红色的乳房丰满挺拔……救援者看到一块水泥板压住她的后腰，才明白她为何一动不动。推断她睡觉时没有穿睡衣，地震时惊慌失措，跑到阳台上时被压在那里，成了美的标本。

志愿者含着热泪拍了一张照片，不假思索地就给她取了这样一个标题：唐山的维纳斯在风中叹息。

朋友出车祸离开我们的时候，我们去了他的家，看到他的母亲，不知道该怎样安慰。巨大的悲痛弥散在屋子里，让人不堪重负。“去吧，那里是离星星最近的地方。”朋友母亲的话很轻，却让我们的灵魂震颤不已，那是豁达的老人对悲苦命运最有力的挑战。

我家里的墙上有两张照片，一张是祖母的，满脸皱纹，像她沟沟坎坎的人生。另一张是曾祖母的。曾祖母死时不到三十岁，还是年轻亮丽的时候，她的生命定格了。

曾祖母比祖母年轻。

近日，看到这样一个小故事：一个男人被恶疾纠缠多年后，终于撇下年轻的妻子撒手离去。临终前，妻子安静地坐在床边，捧着他的手轻轻吻着。他忽然哭了起来，整个身体都跟着痛苦地抽搐。他已不能说话，眼泪成了他所有情感的唯一表达。妻子忍着泪，轻抚着他的胸口，伏在他耳边轻轻地说了句“路上小心，早点儿回家”。他紧锁的双眉忽然就舒展开了，一抹温柔的笑意无声地漾起在唇边。他安然离开了。

“路上小心，早点儿回家。”妻子这句平日里常说的话给了他一个人上路的勇气，让他觉得，这次奔赴天堂，不过是他走的另一条路而已，不管多远，家都在身后温暖着他，等待着他。

史铁生说：“一个人出生了，这就不再是一个可以辩论的问题，而只是上帝交给他的一个事实，上帝在交给我们这个事实的时候，就已经顺便保证了它的结果，所以死是一件不必急于求成的事，死是一个必然会降临的节日。”

在生活中，经常体会那种亲人们猝然离去的悲伤，死亡就在我们身边，无时无刻不在觊觎、威胁着我们的生命。生命中有太多这样哀伤的碎片，但我们不能因为这些碎片就不去生活了，生活总还是要继续的。

你听，有多少人在讲他们的人生故事，可听得出，是那挟裹着一世沧桑的心，在流露着他们对生命无尽的眷恋和感恩。

灵魂的邻居

被家人扔掉许多次的一台老式收音机，最后仍静静地坐在我的书桌上，做我灵魂的邻居，延续着它古典而又忧伤的风烛残年。

我喜欢在夜里拧开它，并不是为了收听什么特别的节目，只为看那调频窗里一闪一闪的小红灯，它们依然那样神秘，牵动我从童年一路奔跑过来的诸多遐想和思念。

总能感到有什么东西在那里静静地流淌，一团无比温顺的痒？一丝无比惬意的凉？自己仿佛成了一尾鱼，畅快地游在其中，并且找到了家园一般欢呼雀跃，却不再飞翔，而是静静地歇着，一颗流浪的心，一双幻想的翼。

无论你如何喧嚣浮躁，如何追风逐尘，都不得不在那熨帖的深情怀抱中把心落到温暖的草原，灵魂如没有根的风，不停地旋转，跟随着变幻莫测的生命，跟随着斑斓璀璨的星光。那里只有声音，纯粹的听觉世界。把电脑关掉，把灯熄灭，告别眼花缭乱的色彩，我闭上双眼，倾听。似乎正在与一位老朋友促膝谈心。当然，这位老朋友寒酸得很，体质也很差，不是“咳嗽”就是“哮喘”，不过，我终究没有放弃它，它是一位真诚的朋友，尽管在它的口袋里找不到钞票，却会找到一块干净的手帕，擦拭流泪的眼，流血的心，这贫穷的，破旧的，我灵魂的邻居，我依然不忍丢弃，我依然把它唤作夜里的天使。

记得小时候没有电视，父亲每天下班回来，第一件事就是摆弄他的收音机，父亲喜欢评书，每天都会准时收听，不管你有多急的事也甭想叫动他，他的表情随着讲书人的抑扬顿挫变化着，当讲书人一拍惊堂木说道“欲知后事如何，且听下回分解”的时候，父亲总是咂巴咂巴嘴，一副没听够的样子。当然，“小喇叭”节目一来的时候，收音机就是我的了。父亲会仔仔细细地把收音机调理得一点儿杂音都没有，他常说：“爸没文化，不能给你讲故事，就让收音机里的爷爷给你讲吧。”

夏天，吃过晚饭，夜的黑色丝绸就软软地将我们裹住了。一家人在黑暗中坐着，拢起一把火驱着蚊虫，听着收音机里的“农村天地”节目，不知何时，父亲会悄悄递过来一块西瓜，在井底储藏过的西瓜凉凉的，那种感觉现在想起来真是惬意极了。

“有色非真画，无弦是古琴。”我珍藏着被现代人所抛弃的古董。一台破旧的收音机在我的书桌上静静流淌着经年的往事，一段似水年华，一些不复的光阴，一些可以娓娓道来，一些却是不堪回首。它陪着我度过那么多忧伤的日子，我极力控制着自己的心，不被那声音的湖水浸泡。

谁也无法阻止这幸福之水的流动，它预言着，所有渴望的必然来临，所有告别的必然重逢。静静的收音机，它闪着温柔的光芒，摄人心魄，撩人情思，那温柔来得那般迅疾，让你无从躲闪，那悲伤来得那般猛烈，让你来不及覆住那些遥远的伤口。

当我为稿纸上的睡莲画上最后一个花瓣的时候，我知道，这寂静的夜是我的，这来自心灵的声音是我的，再没有人能将它夺走。我与它渐渐融为一体，像一根干干净净的蜡烛，流着泪水不停地走动。我盯着那一闪一闪的小红灯，它依然那样神秘，我依然相信它能带给我母亲的消息，母亲在天堂，离我的距离是365天8小时35分钟。

电脑在我的左侧趾高气扬，它存储着几仓库的信息量，它轻蔑地舞动鼠标，在屏幕上显示出一行文字：衰老了就安息吧。

或许是电脑的嘲笑中伤了它，它从此一言不发，无论我怎样安慰，怎样叩它的心扉，它始终沉默着，只有调频窗里的小红灯依然一闪一闪的，像永不熄灭的童话。

我没有刻意去修理它，我想它沉默自然有它沉默的理由，比如心灵受了伤。它让我想起了父亲，自从母亲去世以后，父亲的话就很少了，我们绞尽脑汁，也无法使父亲从悲伤中挣脱出来。

父亲闲不住，就替我们打扫房间，用亲情擦拭屋子的每一个角落。冰箱、家庭影院、电脑，这是一个用现代化包装起来的家，可是我的书桌上，有一台破旧的收音机，显得有些“另类”，然而，父亲每次在擦拭它的时候，都会在那里静静地待上一会儿，他感到了某种亲切，他一边擦着一边念叨：这孩子，还行！顺道就把它修理好了。

我不清楚这一句“还行”是什么意思，但我真切地感受到了父亲踏实的呼吸，这是一种称许，大概是因为我善待着老去的旧物的缘故吧，就像在一大堆新潮的婚纱影楼里拍的照片中赫然珍藏着一张发黄的遥远年代里的照片一样。父亲说，原子弹试验成功的消息是从这里面听到的，毛主席去世的消息也是从这里面听到的，一台普通的收音机，曾经牵动着多少人的心啊！

这普普通通的收音机，一直住在我灵魂的隔壁，它是我朴素的邻居。

父亲生日那天，我给他点播了他曾经最喜欢的评书，沉默了许久的收音机就这样和父亲一起重新走进了生活，重新开始了喋喋不休的快乐的唠叨。

另一个世界的月亮

月儿，还要涉过多少荒凉，才能够到你的脸庞？

和往日梦到的你不一样，今天，你始终是月亮的形象。穿着薄薄的轻纱，悬在半空，我够不到你。

当我终于肯沉寂下来，想静静地听你说话的时候，你却忽然变哑，心也木然如石，始终挂在那里，保持着上弦或下弦的姿势，不肯为我再圆一次。

这些年，你都一直这样瘦着的吗？让我的梦，多了几道哀伤，添了数缕苦楚。

你和月亮取了一样的名字，其实你们的性格也一样，自恋、伤感。我无法从你的口袋里，取走你的忧伤。那些忧伤根深蒂固，在你的灵魂深处盘根错节。那些忧伤害了你，使你每天心事重重，郁郁寡欢，它夺走了你的健康、你的春天，直至你整个身体。

在你面前，我总是魂不守舍，把爱放进哪个口袋，哪个口袋就开始漏水。水流如注，没有一种阀门可以将它关紧。我想我应该碎掉，像晶莹的玻璃碎成大小不一的感动，那样，每一片感动的碎片上都会印染着你冰凉的吻，承接你深深的眷恋。

在梦里，你一会儿是柔和的暖色，一会儿是苍白的冷调。我一会儿看到誓言，一会儿看到背叛。我能听到你灵魂里的声音。那声音是一座时间城堡，候鸟群居，月光充盈，孩子微笑。春天受它蛊惑而添上魔力，带来四季之外的鸟语花香。

思念凭空奔跑起来，穿过密不透风的丛林，抵达我的耳畔，落进我最贴心的那个口袋。那个夏天荡漾着一种不真实的温暖，还有手心相碰的柔软，一点一点在心底蔓延开来，这样的温暖在心里一直绵延流长着。回忆也长着双脚，不停地跟着我奔跑。耳畔的风记录了它的行程。月儿啊，那些情感是我终要割舍的草，如今我的心已是不毛之地，寸草不生。月儿，你清冷冷的，你寂冷的边，一个人也没有。你能听到我的歌声吗？天上那个月亮，是你的姐妹，你在冰凉的地下，是另一个世界的月亮。

是你带给那个世界的光辉。

那个秋天，你像蚕一样，在死之前也要穷尽毕生的心血用丝将自己包裹起来，你要深深地掩藏住自己的苦痛，只把快乐的一面给我。

那么来生，再看到你的时候，月儿，你会变成快乐的飞蛾吗？

最近总有人问起，为什么那么喜欢画树？我说，只是喜欢安静，专心，一笔一画地描刻树干时的那种感觉，决定它在哪里分枝，长出什么样的叶子。是刚刚发芽的新叶，还是即将飘落的枯叶。一边画一边想，画完了一棵再画一棵。

我说，因为忘不了小时候，总是喜欢光着脚爬上树，采果子吃！看流云在树的头顶舒卷，看轻风从树的肩上掠过。还有，我习惯闭上眼睛，坐在树根上，听阳光如密集的水意沿着千万条叶的脉向绿的极端渗透。

其实他们都不知道，我画树，是为了树梢上的那个月亮啊！

在晴朗而安静的河边散步，阳光在我们的脸上闪闪烁烁，留下了苹果成熟的味道，眼睛不由自主地流出黑夜，海鸟在我们周遭鸣叫……这是我梦中的某些意象，我和你的浪漫，常常在我的文字里此起彼伏。

浪漫很好，但是浪漫也很难。一只小小的蚊子就可以把人拉回又痒又痛的现实。

最后，我将退化成一只渺小的甲虫，继续在音乐声中爬行，渴望做一个更悠长的梦。梦里，置身于一个歌者的水晶鞋里，陪着你，我的月儿，继续向一个浪漫的湖出发。

夏至

之前都是铺垫。夏天真正来的时候你无从察觉，却感受到夏的甜美。这和写文章多么相似！按照这个逻辑，写一篇文章就是谈了一场恋爱。

——夏至

耳朵热了，有人想

按照中国人的说法，耳朵热了，说明有人在念叨你。而在科学家眼里，哪一边的耳朵热就证明哪一边的大脑正忙着呢！或许是忙着高端科技，也或许是忙着在官场运筹帷幄；或许是在斟酌一个广告创意，也或许正在为前程殚精竭虑；或许是在推敲一句诗歌，语不惊人死不休，也或许正在编织一串谎言，大珠小珠落玉盘；或许是在琢磨怎样去讨自己喜欢的人开心，也或许正在为怎样安抚老婆和情人而处心积虑……

我不喜欢科学的解释，我喜欢那迷信的说法：耳朵热了，有人想。因为我宁愿相信那份看不见的美好。

小时候，母亲总是很迷信。打了喷嚏，她说，有人惦记你呢。左眼皮跳，她说有好运，右眼皮跳，她说有祸事。看见很小很小的蜘蛛爬下来，她说那是喜蜘蛛，家里要有喜事。还有姐姐的头发，如果忘梳了一绺儿，她会认为是有客人要来，赶紧让姐姐重新梳起来，期望能够破解。早上打扫完屋子后，一根扫帚无缘无故地底朝上立着，母亲如临大敌一般紧张起来："莫非，要来客人吗？"她把这也看成是有客人要来的征兆。那天下午，碰巧舅舅来了，我们觉得这根扫帚还真灵。那年月吃米要粮票，每月都是有限的供应，常常缺米断粮，所以，尽管母亲好客，也总是担心有客人来。我们却不一样，吃了上顿不管下顿，从不为明天发愁，我们盼着客人来，能借机改善一下伙食，打打牙祭。所以，有时候我们会故意把那扫帚踢倒，然后底朝上放着，但是这刻意为之的小阴谋一次都没有得逞和应验过。

这些迷信的说法就像一个个荒唐的笑话，充斥着我的童年。但是我依然喜欢和愿意相信：耳朵热了，有人想。

说不定此刻我正在别人的记忆里匍匐而过，有幸在别人的心上驻留哪怕一秒钟的时间。

那么是谁在想我?

是初恋的人吧。好多年不见，在某个暗夜里，是不是偶尔也会拉开记忆的闸门，想念一下我这条曾经为她伤痕累累，宁愿只有七秒钟记忆的鱼呢?

是老朋友吧。我是多么怀念那些简单而美好的过往！如今他们聚在一起，还会热烈地谈起我，像当年一样，让我居住在他们的内心吗？就像风居住的街道。

是亲人吧，这是最不容置疑的，在这个世界上，血浓于水的亲人，永远是最最牵挂你的人。

据说因为星星离我们实在太远，它们的光亮映射到我们眼中要穿越几十上百的光年，所以，有时我们看到的星星，可能是早已陨落的。我们看到的，只是它若干年前仍然在光年中行走的光线。

它陨落了，却依然照耀着你，这和那些逝去的我们挚爱的亲人，是否有些相像呢?

亲人们离去了，可是那些温暖的记忆仍然照耀着我们，让我们在记忆那温暖的洞穴里，一边冬眠一边编织着未来美好的梦。

据说如果我们能以比光速更快的速度赶往另一个星球，我们还有可能看到自己的童年。那么是否也可以看到我那一滴泪，委屈地滴在面前不想吃的那碗稀饭里而溅起的涟漪呢？那样另一个星球上的我会不会脸红？会不会急于向祖母道歉——“奶奶，那时我真不懂事啊！”

记得祖母离去的时候，父亲对我说，别伤心，奶奶只是出远门了。一生没有再和出了远门的祖母见面，但我知道，那些温暖的记忆始终围绕着我。

我会想念祖母，身在天堂的她也会想念我吧，那么，发了烧的耳朵也会有属于她的几度温暖吧。

耳朵热了，说明有人在想你，也包括那些逝去的爱着你的人。

有一天，耳朵热的时候我突然打了电话给母亲，母亲在电话里第一句就是，妈正想你呢，你就打来电话了，真巧！是真的太巧了吗？其实，母亲一天中哪一刻不想她的儿女呢？这根本就不算巧合，更算不上奇迹。

一生忙忙碌碌地走过，像农人的庄稼，迫不及待地茂盛，收割的时候，却没打出多少粮食来。而几乎所有的时光，都在守株待兔，拔苗助长中度过了。想着人生的窘境，天变得灰暗起来，一颗心沉了底。可是耳朵忽然间热了起来，这证明有人想我啊，这难道不是一种幸福吗？这幸福虽然单薄，却足以抵御冷凉。

所以，我永远不会向生活低头，哪怕它把我关进寒窑。因为即便你什么都没有，也总有耳朵热的时候吧。耳朵热了，有人想。

耳朵热了，生活就不会太凉。

复制一颗心，只为让你停泊

他们是邻居，彼此都目睹了对方的不幸：一个是丈夫身患绝症，赶赴天堂；一个是妻子遭遇车祸，被风卷走了魂魄。因为同病相怜，他们在彼此的帮助中生了许多细小的情愫。终于有一天，他们决定组成一个新家。

在一个阳光灿烂的秋日他们领了结婚证，但属于他们的第一个夜晚没有激情，更多的却是局促不安。他们彼此心照不宣，在这个特殊的日子里，他们都在怀念各自的爱人。

日子波澜不惊地走过，邻居们每每谈论起这对半路夫妻的时候，都会不由自主地赞叹他们是一对相敬如宾的好伴侣。只是，邻居们不知道，在他们看似平静的生活中，隐藏着些许哀伤和无奈。比如，他经常叫错她的名字，有时在看电视的时候，他会忽然喊她：快来，有你喜欢看的黄梅戏！话说出去，他的脸就红了，她知道他又把她当作前妻了。而她做菜的时候，总是不由自主地依照着前夫的饮食习惯。有一次，看到他被辣得直吐舌头时，她才蓦然反应过来，内心充满了歉意，而他则讪讪地为她开脱：男人吃点辣的好，真过瘾……

她心里清楚，其实他们谁都没有忘记过去的爱人。

难道就这样一辈子过下去吗？她对这半路结合的夫妻之情开

始犹疑，心情越来越压抑，自然对他也越来越冷淡，甚至想到了放手。

那个周末，她突然发现自己放在阁楼上面的小木箱被人开启过，那里面装着她的几本日记，上面细细密密地记载着她和前夫从恋爱到结婚所有的生活细节，她一直视为至宝，那是属于她的秘密。她涨红着脸忍不住去质问他，他低着头，欲言又止，最终怯怯地承认了自己的“偷窥”行为。她很生气，觉得他真不可理喻，一怒之下跑回了娘家，捧着前夫的遗像放声痛哭起来，她无法忘记她与前夫相亲相爱的从前，无论用什么办法，也无法剔除那一块长在心上的哀怨。

妈妈窥出端倪，对她说：两个人重新搭伙过日子不容易，日子总要往前赶，你要多想想现在的他对你的好。那一夜，她真的就在脑子里一遍遍地播放起关于他的小电影来：她生病的时候，他笨手笨脚地伺候她，一趟趟地给她端水喂药；晚上回家为了给她解闷，他给她讲一点都不好笑的笑话，给她模仿小品里的经典对白……尽管没有什么激情，但都是些让人温暖感动的细节啊。一颗操劳了半辈子的心，能有一个人呵护它，焐热它，还求什么呢？她想：为了他，我为什么不能改变一下自己呢？

她回来的时候，远远地看见他正在阳台上不停地张望着。这让她的心一下变得暖乎乎的。她进了屋，他就颠儿颠儿地跟在她的身后，搓着手不停地念叨：“回来好，回来好……”“看你，都瘦了，怪我不好。”看着他憔悴的脸色，她竟有些心疼。“不，不，是我不好。”他挠挠自己的头，有些不知所措。看他憨憨的样子，她笑了：“今天让你尝尝我的手艺。”那是她回家的路上打电话给婆婆，从她那里讨来的厨技。

系上围裙，飞快地钻进厨房，她煲了一锅排骨汤，放了萝卜和他喜欢的香菜。他不禁惊讶赞道："好久没有吃到这个菜了，真香。"吃过饭后，他打开了电视，固定在她最喜欢的文艺频道。热热闹闹的小品像烟花一样，欢乐瞬间绽放了屋子的每个角落。她跑到沙发上，盘起腿，美滋滋地看起了电视，娇嗔地对他唠叨说，饭是我做的，饭碗要你来拣。他嘴上"埋怨"着，两只脚却撒着欢儿地奔着厨房去了。

洗刷完毕，他郑重其事地掏出一把钥匙交给她，坦白说那是他偷着配的。他说，他偷看那些日记，只为了更多地了解她的性格、她的喜好，他想把自己复制成她的前夫，他想让她幸福和快乐。然后，他变戏法似的掏出一个晶莹剔透的翡翠手镯来，戴在她的手腕上。那是她一直喜欢却舍不得买的。她愣了一下，并没有收起那把钥匙，而是用钥匙将那个木箱打开。"是该让它们出来晒晒太阳了。"她释怀地笑了，此刻阳光浩浩荡荡地涌入，灿烂在彼此的脸上，曾经的爱又回到了彼此的身边。

原来，人世间，有一种爱是可以重来的，你不必遗忘过去，但不必将过往沉重地负在肩上。好好地生活下去，才是对天堂里的爱人最好的纪念方式。有一种爱是可以复制的，只要你生命的记事本上还有温暖，还有感动；有一种幸福是可以粘贴的，在你柔软的心的土壤上，只要你肯去培植，肯去浇灌。

复制一颗心，只为让你前来停泊。

歌声是穷人的翅膀

一个中学时候的同学，二十年没见，现今已为贵太太。有一天，想见见以前的老同学，就在网上的同学录里搜寻，终于联系上了我们，遂从外省驾豪车回来参加同学会。同学们见了面，数她的嗓门大，也数她的派头足。与其说是寒暄，不如说是显摆自己的优越吧。浑身的珠光宝气晃得我们有些头晕眼花。趁着酒劲儿，她说想去看看小时候住过的地方。我想，还算可以，没有忘本，就领她去了老区，二十年过去了，这里依旧是那样贫穷破旧，贵太太不禁皱起了眉头。

那是矿区，里面住着的大部分是矿工。那个时候正是上下班的时间，路上来来往往的尽是些“黑人”。

这么破旧的地方，竟然并排开了几家歌厅。贵太太不禁好奇地问道：“在这个地方开歌厅，脑子没有坏掉吧，穷人们谁还有闲心来唱歌啊？”

“不，唱歌的人很多呢！”我领她去看，果然，每个歌厅里都坐满了人，就算五音不全的人，也丝毫不觉得难为情，照样在那里认真而倔强地唱着。

对于她的不理解，我说：“其实，和富人们比起来，穷人更需要歌声。歌声可以缓解一下他们的疲劳。对于富人，歌声是娱乐，是消遣，可是对于穷人，歌声是慰藉，是安抚。”

贵太太不大懂我的话，不置可否地在那里摇头晃脑。

还有她更不懂的呢，我只有在心里对自己说，歌声是可以令穷人们劳累的心灵飞翔的翅膀!

一次，领朋友去一个朝鲜族人聚集的村子吃饭。那里有很多当地的朝鲜族人自己开的饭店，特色是狗肉、冷面和朝鲜族泡菜，很正宗的朝鲜族风味。朝鲜族人好客，每有客人来，都会敬上一杯酒，并愉快地与我们交谈，那份热情劲儿就像亲人一样。每次算账的时候常常会打很多折扣，让我们有些于心不忍，那么一大桌子菜，简直让人家做了赔本买卖。可是他们并不在意这些，他们在意的是，今天他们很快乐。

邻桌吃饭的几个人，桌子上无狗肉，只有两盘廉价的泡菜，可是几个人酒却没少喝。不一会儿，喝到兴奋处，其中一个竟然唱了起来，很纯正的嗓音呢，听完我们不禁为他拍起巴掌。这下可点着了他们兴奋的捻儿，一首接一首地唱个不停了，我们也就用筷子击打着碗盘，配合着他们。

饭店的主人说，这些人是村子里最穷的人，属于“老病残”范畴，基本都丧失了劳动能力，每月靠那点微薄的低保过日子。

“穷到这份上，还有心思来喝酒啊？”我的一个朋友不禁质疑起来，他觉得穷人就该有穷人的样子，就该是低眉顺眼，唉声叹气的吧。

“穷人也是人，也有享受快乐的权利啊。”店主说，“他们自己一个人是从不来这里喝酒的，也喝不起，他们总是几个人一人出个十块八块的凑一起喝顿酒，他们也没别的乐子，平均每个月也就能来这么一次吧。这也算是他们的节日了。我也尽量少收他们点儿钱。”

店主的话，令我感动。

是啊，穷人也是人，没有人可以剥夺他们享受快乐的权利。阳光那么好，凭什么他们就要躲到暗处去?

音符们就像欢快的兔子，更愿意蹦跳到穷人的怀里去。穷人虽然衣衫单薄，怀抱里却涌动着一股股不息的热浪。

公平的阳光

每个人都有那样的日子吧，前途黯淡，心灰意懒，每天怨天尤人，将自己封闭在黑暗潮湿的角落里，不肯向那有光亮的地方回眸，任凭一颗心生满苔藓。

我便是那其中之一。直到有一天，在一个西瓜摊儿前听到一对儿父女的谈话，心上的苔藓才开始慢慢地滑落。

正在埋头吃西瓜的女儿问了父亲一个很值得深思的问题，她问："为什么有的西瓜甜有的西瓜不甜呢？"

那父亲回答："甜的西瓜是因为被阳光照耀的时间长。"

"那地里的西瓜不是都在接受阳光的照耀吗？"

"是啊，阳光是公平的，它一视同仁地照耀着那些西瓜，可是有的西瓜怕热，自愿待在阴影里，不肯接受阳光的照耀，所以它们就是不甜的。"

我很佩服这位父亲，能教育孩子于无形之中，并且他的话对我同样适用，令我有一种醍醐灌顶的感觉。

"那我用现在这个不甜的西瓜的籽，明年还种上，它还会甜吗？"女儿接着问。

"当然，上帝给每粒种子的机会都是平等的，是成为成熟的西瓜还是生瓜蛋子，就看你后天的努力了。"父亲回答。在他看来，西瓜也是有心的。有的心是坚强的，有的心是懦弱的。

上帝赐予一粒沙子，人把它变成一堆眼屎，贝壳把它变成一颗珍珠。同样地，上帝给每个人一副牌，有些人拿到了好牌，沾沾自喜，得意忘形之中很有可能因为疏忽而输掉了牌局；有些人拿到了坏牌，却认真地去打每一张牌，就会有赢牌的可能。

不论什么时候，都要有一颗向上的心！很多时候，你屈居阴暗的谷底，那是你放弃了攀登，凭什么指责阳光不肯普照呢？

关于爱的计算方法

那日，在一个饭馆里听到一群年轻的媳妇谈论着自己的婆婆。

一个嫌弃自己的婆婆烧菜难吃。她说，周末的时候买了一些好吃的，准备一家人好好来个周末盛宴。她特别叮嘱婆婆等她回来做，结果，婆婆等不及，自己提前给做了，结果做得一塌糊涂。“不是盐放多了，就是菜烧得过了火候，难吃得不得了，可白瞎了我那些好食材了。你说，她怎么就那么心急，嘴再馋也不至于多等那一会儿吧。”

一个埋怨自己的婆婆喜欢攒私房钱，然后偷着给姑娘花。“她自个儿有退休金，可是我们从来都不花她的钱，平时买菜和日用品什么的，每次我都会给她钱，这指不定偷着给了姑娘多少钱呢！”

一个气愤自己的婆婆做菜的时候总是喜欢放味精。她说和婆婆说了很多次，婆婆也没当回事。她已经怀孕，有些激动地说：“她要毒死全家人！等我给她生个畸形的孙子她就高兴了！”

无独有偶，有一天在公园里，我听到一群头发花白的婆婆们在谈论自己的儿媳。内容与媳妇们谈论婆婆的差不多。

一个称赞自己的儿媳能干。“在公司，人家那是这个！”说着竖了竖大拇指，“回家照样做家务，一点儿架子都没有。嘿，俺儿子就是有福气咧。”

一个称许自己的儿媳孝顺。“俺那儿媳好，一到周末就买一大堆菜回家。我寻思孩子们工作了一天，能帮点忙就帮点忙吧，就自己把饭菜都做好了。结果，俺炒的菜他们都不爱吃，不过确实如此，我自己也不爱吃。呵呵，看来以后啊，真得好好学学厨艺了。”

一个夸耀自己的儿媳大度。“俺那儿媳好，总是给俺一些零花钱，我也花不完，就给姑娘家花一些。女婿下岗了，姑娘家日子不好过，能帮点就帮点。”

相似的事情，看法却完全不同，这完全是因为爱的计算方法不一样。怨妇们满肚子的“委屈”，是因为她们在做减法，不停地从婆婆的身上找缺点，每找到一个缺点，就减去一份爱。而婆婆们呢，却在做加法，不停地从媳妇的身上寻优点，每寻得一个优点，就增加一份爱。

这样的场景，在每个人的生活中都会似曾相识。我们不考虑母亲的感受，一味地说着她的不是，母亲却不生气，相反，母亲却总结着我们的一些优点。我们做的一些微不足道的小事在她眼里都会变成高尚得不得了的好事。

关于爱的计算方法有很多种，但唯一不变的是母爱的加法。母亲总是喜欢忽略我们身上的缺点，但哪怕是头发丝那么细微的一点好，也逃不过她的眼睛，也会被她加到她的心里，一点一滴积聚成爱的海洋。

过早开放，就是提前枯萎

很深的夜里，有人很突兀地放起了烟花。烟花虽美，但美得不合时宜。睡眼惺忪的人们嘴里，除了咒骂，不会发出赞美。

过早开放的孩子们，就像那在不合时宜的时间里绽放的烟花，甚至，他们的枯萎，都换不来别人的同情。

一日，在医院陪妻子做妇检，看到一个中学生模样的女孩，被一个同样是中学生模样的男孩陪着，看那女孩微微隆起的腹部，就可以断定她是来做人流的。他们开始的时候小声地说着话，后来就变成了争执，再后来就变成了大声争吵。

“给你家里人打电话吧，取点儿钱来啊。我这可不能再挺了，不然肚子大了同学们看见得笑话死我。”

“我打电话，我爸得打死我。我不打。”

“那咋办？”

“你给你家里人打呗。”

“我可没脸给家里人打电话。”

“那咋办？”

“咋办？你惹了祸就不管了啊。你还是不是个男人啊？”

“我不是男人，我不管了，你爱咋地咋地吧。”

男孩说着转身就走，女孩一把鼻涕一把泪，在后面紧紧跟着，在人们既同情又鄙夷的神色里匆匆溜掉。

看着他们稚嫩的背影，我感到一种悲哀。这就像两个过家家的孩子，根本还没有懂得什么是爱，什么是责任，就过早地品尝了本不该属于他们的性。他们本该在灿烂的阳光下热烈地奔跑，却走进了冷森森的阴影里。

在我一个朋友的店中，一个在其中工作的妇人和一个少年男子搅在了一起，他们之间不仅相差了十一二岁的年龄，更相差了成熟与幼稚的两个世界的标准。一日，妇人对低头坐在她身边的男孩说："你们男人都一样。"男孩说："反正我认为我不是那样的人。"说这话的时候男孩仍然低着头，回味自己说出这样的话后是否应该为此做些什么证明。妇人用一把理发用的剃刀，刮着夏日裸露着的胳膊上的汗毛。听到这句她意料中的话，也不过用沉默的技巧让男孩认为她对这句话似乎很是感动。只是手中的剃刀丝毫也不用停。有人兀自担忧地说："你即是结了婚的人，有工作有家，随时可以一走了之，可那男孩还在学校，如果让同学或师长知道了，不是对他太不好了吗？"妇人只说一句："我管他呢！"这段男孩心中自以为是的爱，便也注定了逃脱不掉游戏的悲哀。

不知道这男孩如果听到了这样的话，心里会是什么滋味。过早地开放，那单薄的枝条怎能承受得起一场游戏的冷风呢？

果然，后来听说这个男孩被学校开除了。那妇人有了新欢，开始冷落他，终于有一次，愤怒的男孩趁妇人和别的男人苟合之际，挥刀砍杀了他们。

还有那么多的风景没来得及去欣赏，男孩的一生，便早早地随着那落下的砍刀而熄灭。

少男少女都是花骨朵儿，如果过早地开放，只会换来提前的枯萎。就像那些正待破茧的蛹，你要让它自己破茧而出，因为一旦你帮它，让它哪怕早一秒钟出来，你都是害它，因为那样它的翅膀就不会坚硬，它就失去了生存的本领。所以，少男少女们，不要那么心急地就把自己的身体打开，你们还没到绽放的时候，你们现在要做的，就是尽力积聚自己的能量和芬芳，然后等待、等待，在最美最美的年华里开放。

人生漫长，岁月荏苒，流年里自有属于你们的良辰美景，香果佳酿，你们又何必如此心急！

孩子是落到地面的云

孩子是落到地面的云，他们缓缓移动，他们迅捷奔跑，与天上的云彼此呼应，它们纯粹洁白的心里，除了一捧晶莹的泪水，再无其他。

周末，和孩子一起去公园里走山，走一圈要近一小时。我担心孩子小，坚持不下来，可是女儿嚷嚷着非要去，没办法，只好带她去尝试一番。结果完全出乎我的意料，她不仅顺利走了下来，而且没有显出一点疲态，我却已经累得直不起腰来了。

一路上，我发现孩子也有累的时候，可是忽然看到前方不远处的一个小凉亭，就来了兴致，快步奔了过去，去那小凉亭里坐一会儿。再走一会儿，就又会被一朵好看的小花吸引，又会快乐地跑几步，跑到那朵花跟前儿，闭着眼闻一闻那朵花的香，忽然就像注入了新的力量一般，又变得轻盈起来，如一朵云。

就这样，一路上，恐龙和大象的雕塑，甚至蘑菇形的小凳子，都会惹起她的惊叫，任何一点“风吹草动”都能点亮她的眼睛，点亮她的心，而这，大概就是孩子不觉得劳累的缘故吧。而女儿最后说的一句话更是让我警醒，她说：“爸爸，以后周末可不可以不让我去学钢琴和画画啊？我只想和你来走山。”对于女儿这个“无理要求”，我断然拒绝。

近几日，起了雾霾，我早晚锻炼的计划跟着取消了，就连上班等通勤车的当口，都要戴着一副口罩，如临大敌的样子。各种分析都在说，这雾霾里有害物质太多，不加注意，我们都会成为“吸尘器”。这样的雾霾在我们这里很少见，长这么大，还是头一次遇到这种情况。大街上，人和人十米之内都互相看不见，火车停运，高速封道，整个生活被打乱，夹杂着七零八碎的牢骚满腹。

这只能说明一个问题，这个城市终于也没能逃脱被工业化污染的命运。整个城市仿佛海市蜃楼一般，飘忽在茫茫云雾之间。可是生活还要继续，我们只好硬着头皮，在有毒的雾中穿行。

停课在家的女儿隔着玻璃窗，好奇地看着这场面，忽然语出惊人地说：“爸爸，云朵从天上飘下来了呢！”

孩子的心，尚没有被污染，这算是唯一值得庆幸的事情吧。我不忍告诉她真相，就顺着她的思路告诉她：“是啊，她是看我们的世界太脏，下来帮我们打扫卫生来了。”

“云朵真好！”女儿说道，眼里满是对云朵的疼爱。从这个角度去想，我换了一种心情，不再那么压抑了，用女儿的思想来看，这落下来的云朵，在亲吻大地。

“我也要像云朵一样，做个乖孩子。”女儿忽然“开悟”了一般，跑去厨房帮妈妈收拾垃圾去了，她用一颗纯净的心，在打扫眼前的世界。

想想现在的孩子，累得很，打从进了幼儿园，就开始背负各种“学习”的十字架，那小小的脊背，总是被重重的书包压得很弯，让人心疼和爱怜。可是我们又不能放松，不想让孩子输在“起跑线上”。有时候觉得对不住孩子，在心底对孩子说：“玩具是你的，但童年不是。孩子，我们孕育了你，却无法点亮你，我们把你接到宽敞无比的世界，而你，却如同活在山洞中。在你的眼里，除了不合时宜的累，我已经看不到快乐。”

孩子，是落到地面的云，轻飘飘的，毛茸茸的，最主要的是，也是洁白纯净的。他们应该是最轻盈的，而大人们总是习惯将自己那颗功名利禄之心紧紧绑在他们身上，让这朵云沉甸甸的，再也飘不起来。

我想起她还未出生的时候，我抚摸妻子隆起的小腹，和熟睡中的她贴个脸儿。我在心里对自己说：你一定要成为一个好父亲，一定要让我的孩子成为世界上最快乐最幸福的孩子，一定要让她学会去爱，爱每一盏灯，每一片云，每一朵花，爱故乡的每一块砖……

那算是我对孩子最初的承诺吧，从今天开始，我要努力践行自己的诺言，给这落到地面的云朵，建一个自由自在、快乐无忧的乐园。

和生命拉钩

那时我在医院做阑尾炎手术，五岁的女儿像个小大人似的跑前跑后照顾我，让疼痛不知不觉地渐渐远离了我。她就像一个小小的太阳，走到哪里，就在哪里点燃一个春天，哪里就会春意盎然，鸟语花香。女儿的乖巧使得病房里的每个人都很喜欢她，尤其是邻床的一个老太太，看来是个重病患者，行动很不方便，连说话都很吃力的样子，可是每当看到我的女儿的时候，她的一双眼睛便闪着光亮，跟着她的身影不停地转动。

女儿也喜欢她，偷偷跟我说她像她死去的奶奶。她常常爬到老人的床上去，缠着她讲故事。老人的故事很好听，就连我们这些大人有时候都会听得入神。但是很显然，她很累，每讲完一个故事，额头上都会沁出一颗颗豆大的汗珠来。但每隔一会儿，她还会把女儿叫过去，接着给她讲故事，她知道这是她唯一可以让孩子坐到她床边的办法。在讲过第五个故事之后，她咯血了。护士一边批评她一边给她按摩，她憨憨地笑着说："俺只想跟孩子多说会儿话。"

医生说她的病情非常严重，现在就是靠药物来维持着。当初是一个好心人救了她，把她送到医院来的，她靠拾荒为生，一个亲人都没有，拿不出钱来治病。医院已经为她垫付了2000多元了，医院召开了紧急会议，就是否继续为老人提供无偿治疗展开讨论，最后大多数人都认为那是一个“无底洞”，而医院毕竟不是慈善机构，都同意给老人停药。

停药就意味着宣判了她的死刑。在拔掉那些针管之前，几个善良的医生凑钱给她买了新衣服。在给她穿上新衣服的时候，护士们低声和我们说，或许那是她的最后一个夜晚了。

她也意识到属于自己的时间已经不多了，她和护士说出了她的心愿。

谁都没有想到，她最后的心愿竟然是想搂搂我的女儿。连她自己都觉得这个要求是那样“过分”，谁会和一个将死的人躺在一个被窝啊！当医生向我们转达了她的愿望的时候，我们甚至来不及思考就一口回绝了，女儿不明就里，大声嚷嚷着要去，原因是可以听奶奶讲很多很多好听的故事。我完全可以理解一个没有亲人的老人将死时的那种孤寂，那是比死亡更可怕的黑暗，可是我不能，也不敢让小小的女儿那么小就那么近距离地懂得死亡的含义。我叫家人把孩子领回家，孩子噘着嘴，很不情愿地跟着家人离开了。忽然，她像丢了什么东西似的又跑了回来。她来到老人床边，在老人耳边嘀咕着什么，还神秘兮兮地把手伸进老人的被窝里。我们看到，老人微笑着向她点了点头，仿佛她们之间已经达成了某种默契一样。

小小的太阳走掉了，病房里顿时变成了萧瑟的秋天，处处弥散着衰败和哀伤的味道。

那个夜里，我很难入睡。我在想自己是不是太自私了，一个孤苦无依的老人，在她生命的最后，想得到哪怕是片刻的那一份亲情，而我没有给她，我掐灭了她生命里最后一丝火苗。想到这里，我不禁有些愧疚起来，朝她那里望过去，借着月光，我看到老人的身子不停地抖动着，但是没有一声痛苦的呻吟，我想她是在死亡的边缘挣扎着吧，却没有一个人，没有一双手可以帮帮她。那个夜晚很平静，没有因为死亡临近一个生命而感动惊惧，窗外的月光反而有些美丽，我不停地在想一个问题：女儿和老人偷偷地说了什么呢？

第二天早晨，护士来给老人把脉，发现老人的脉搏跳动正常，老人还活着，而且呼吸还比前些天顺畅了许多。

第三天，老人说她有饿的感觉了。她喝了我的家人为她熬的鸡汤。

接下来的几天里，老人一天比一天好了起来，让人不可思议的是，她能自己支撑着坐起来了。这在我们这个医学落后的城市，完全可以称得上是一个奇迹。

一周后，女儿来了，她给老人带来了一个毛茸茸的布娃娃，她说那个布娃娃就是她，让奶奶晚上搂着睡觉，就和搂着她一样。老人的眼睛又开始闪着光亮，跟着她的身影不停地转动。

女儿忽然“严肃”了起来，她握住老人的手，当着所有人的面，对我说：“爸爸，我又有奶奶了，我想让奶奶回家去住。”

我被这突如其来的“郑重决定”弄了个措手不及。女儿说她离开医院的那天，跟老人许下了一个诺言，她让老人等着她再来。她要给她一个大布娃娃，还要认她做奶奶。“说话就要算数，我们还拉钩了呢。”女儿怕我不同意，强调说：“拉钩，上吊，一百年不许变……”

我使劲地点了点头，眼里含满泪水。为老人，也为我的女儿。那一刻，我感到小小的女儿是那样伟大，她让我们这些大人感到汗颜，无地自容。

院长听说了女儿和老人拉钩的故事之后，又一次召开了紧急会议，决定尽全力医治老人的病。“就算是为了一个孩子纯真的心愿。”那是院长在会议上说的最后一句话。

这个世界上每天都有奇迹发生，但我亲身经历的这个奇迹，更加让我刻骨铭心。它是由一个孩子和一个老人共同创造出来的。

老人出院，住到我们家来。女儿终于如愿以偿地睡到了老人的身边，她又缠着老人讲故事了，老人有些累，说明天给你讲两个，把今天的补上。“好，拉钩。”我又听到女儿说：“拉钩，上吊，一百年不许变。”

这个五岁的小小的太阳，将她的世界照耀得春意盎然，生机勃勃。

夜里的时候，我过来给她们盖被子，我看到那双嫩嫩的胖乎乎的小手和那双骨瘦如柴的苍老的手握在了一起，像一幅摄影作品，极尽和谐之美。像这个世界某个地方正在完成的某种仪式，向我暗示着一种生命的真谛：生命需要爱来传递。爱，会让生命生生不息。

黑暗中的珍珠

台湾之旅，认识了一种叫莲雾的水果。它们原来生长于印度和马来半岛，后来被荷兰人移植到台湾。

莲雾，莲瓣上的雾露，且不论它的味道怎么样，单单这诗意的名字，便足够让人垂涎三尺了。它如同莲蓬，但通体的颜色是粉红色的，就如同粉红的荷花儿瓣，外形像是一个挂着的铃铛，再仔细看，又如同婴儿紧握的小手，所以，我的同行们有几个居然不敢吃，大概就像唐僧不敢吃人参果一样吧。

莲雾也分好几种，近来出现了一种叫"黑珍珠"的莲雾。它比一般的莲雾更甜、更脆，在任何地方都卖得很贵。为什么会有黑珍珠莲雾呢？那个种莲雾的人告诉我们，有一个人把莲雾种在离海岸不远的地方，有一次刮台风的时候，海啸冲上来，冲到他的莲雾田里面。那一天，他心里又沮丧又难过，想到他的莲雾一定都死掉了；因为海水涨上来，地都变成咸的，理论上莲雾一定会死的。结果，莲雾不但没有死，那一年生产的莲雾反而特别的甜。奇怪，原因在哪里？他就想，可能是因为海水的关系，是不是可以把莲雾田再往前推向更靠近海的地方？

他动了这样的意念，便把莲雾田移向更可以感受到海水和海风的地方，结果没想到莲雾真的都变得很甜，而且硬度也比一般的高，附着力也很强，就是因为它要对抗海风的缘故。

这件事给了我们一个很好的启示：一个人如果可以对抗不好的、黑暗的、恶劣的环境，说不定就可以在心里也生出如黑珍珠莲雾一般，更坚强、更甜美、更能够抗拒任何困厄的力量。

此外，我们还认识了一种“港口茶”，这种茶也种在海岸上，它的茶叶比平常的乌龙茶叶大一倍，而且也厚一倍，摘下来时好像仙人掌一样。这种茶叶很特别，因为它生长的土地充满了盐分，它要与这种盐分抗争，所以就长得像仙人掌一样；而它要忍受海风的侵蚀，所以味道也非常强悍。恶劣的环境可以考验一棵植物，恶劣的环境当然也可以考验一个人！当我第一次喝到港口茶的时候，心里就非常震动，这么好的茶居然都没有人知道。

这就是苦难的力量，能摧毁人也能锻造人。当我们的人生不得不面临一些黑暗的时候，我们不能一味地躲避，蜷缩进气馁的墙角，苟延残喘。我们要学会借力打力，借着黑暗的力量打败黑暗，从而在黑暗中把自己磨砺成一颗珍珠。

呼吸一种叫慢的空气

冬夜，我慢慢地为女儿做一张小床。不急不躁，像在摆弄儿时的积木。孩子在即将做好的小巢和散落一地的钉子间，愉快地跑跳。她想象着当她躺进这崭新的，铺着蝴蝶床单的属于她的小木床上，梦，也必将前所未有的新鲜。当我不小心划破手指，她会手忙脚乱地去找创可贴，笨拙地为我包扎，那一刻，我看到了她的一颗感恩与疼爱的心。

我为她营造的不仅仅是一张床，还有一种缓慢的心境。

我告诉她，我喜欢那些看雪看得出神的人；我喜欢那些数星星的，把每一颗星星都当作亲人的人；我喜欢那些闭上眼睛，满脸惬意听风的人；我喜欢那些捡拾起一片叶子，妄图从叶子的脉络间追溯它前世来生的人。

那是懂得放慢脚步生活的人。是把雪花当成银子使的人；是趴在床上给星星写信的人；是向空中抓了一把清风，然后握住，放到耳边细细听来的人；是在叶子上写诗的人。

母亲眼睛没有坏掉的时候，做饭从不用我们插手，包括包饺子，也是自己和面、拌陷儿、擀皮儿一条龙，她会很早就开始忙碌，有时候要一上午才能包好我们一家人吃的饺子，但母亲总是不会厌烦，甚至一边干活一边哼着歌儿，把劳作当作一种享受。

我们也乐于享受母亲的宠爱，在慵懒而缓慢的空气里或躺或卧，自在得像没长大的孩子。

似乎，很久没有这样缓慢地生活过了。一个日子挨着一个日子，日子和日子之间没有任何间隙。这看似满满的人生，其实是缺乏张力和弹性的，是易碎的。

生命，有时候需要用慢镜头去慢慢地回放，你会发现生命中的很多美好，就连植物的成长，都是那般壮丽。

偶尔有不老实的日子，欲望在窗边撩拨，我便喝一杯平复心境的龙井。夜，更多的时候只是假象。很多人的夜，也是奔跑的。啤酒，咖啡因，尼古丁，夜店里的暧昧灯光，舞女撩拨的身姿，无一不是为了更快地燃烧。青春，是如此奋不顾身的，挥霍着，伤害着，鲜有宁日。

林东林在《慢的美学》中写道：“越快的生活越是记忆淡薄，越慢的日子越是惊心地深刻，慢的度与记忆的度成正比，快的度与遗忘的度成正比。这或许就是古人所说的‘山中只一日，世上已千年’的神仙生活，神仙不会跨越时空，但是神仙可以慢慢经历感受。比如钓鱼，钓鱼其实是钓胜于鱼，你不是要享受钓到鱼，而是要享受钓不到鱼；再比如养花，养花也并不只是为了花开那几天，而是建立起那份侍花弄草的小心和精细。在钓和侍弄里，才有千年风日。”

从今天起，我就要开始信仰一种慢。我知道，我的生活中，有一种叫慢的空气，我要去很谨慎、很用心地呼吸它。

停顿下来的生命，真好！缓半拍，风轻云淡；慢一步，鸟语花香。

欢乐是痛苦的铠甲

去年冬天，因为工作的缘故，认识了侯老，年过花甲，剪了个小平头，头发浓密但已花白，交谈之中，发现我们有很多共同爱好：喜欢写文章、喜欢旅游、喜欢摄影，喜欢玩游戏、喜欢制作短片、喜欢看美女……

侯老最爱玩的游戏是《抗日：地雷战》，他说小的时候是看抗战电影长大的，他一直有个心愿就是亲临一场抗日战争，在战场上用刺刀和日本鬼子血拼，可是只有游戏才能帮他实现这个心愿。接着他还给我看了一些他恶搞的影片，乐得我俩肚皮乱颤，他说他还在学习中，总有一天，要拍一个自己的微电影。他童心未泯，活到老学到老的精神让我感动。

我就在想，要是我老了，一定也要像他一样，玩着自己做的游戏，看着自己恶搞的电影，快乐得疯掉。

侯老热爱写作，虽然他说他只是初中文凭，但十分热爱阅读，并在闲暇之余进行文学创作，他的作品充满讽刺色彩，他把那些文章汇总到一起，自己装订成册，取了一个书名，叫《谐谑集》。

当时我就鼓动侯老开博，把自己的荒唐集放在上面，让大家共赏，他立刻就喜欢上了这种新生事物，并给自己的博客起了个名字，叫作“老顽童之家”。

有了深度接触之后，知道了他是一个失独老人。四十五岁的时候，儿子出了车祸，二十多岁的大小伙子，说没就没了。这世上没有比白发人送黑发人更可悲的事情了，况且，那还是他的独苗。

他犹如一块正在燃烧的炭火，猛地被泼了一盆冷水，生活里的热情一下子全部熄灭。他和老伴儿一起瞬间苍老下去，老伴儿憔悴得更厉害，常常是一整天一言不发，他想，孩子没了，可生活还得继续，不能就这么垮下去。在黑暗的炼狱走了一遭之后，他终于顽强地挺了过来。

他懂得用快乐去覆盖痛苦，他也懂得用快乐去安慰老伴儿，陪老伴儿一起去旅游，一起去实现年轻时候没有时间完成的一些事。

他像一个贪婪的孩子，不断地在生活的矿井里挖掘快乐的金块儿，这不，刚刚听说他开通了微信，并有了自己的公众号，他幽默诙谐的文章通过新的途径又传播了出去，给很多人带去了快乐！

再见到侯老的时候，他的怀里抱着一个三岁大的孩子，他美滋滋地和我说，这是他和老伴儿去孤儿院领养的一个孤儿，他说这是上天赐给他们的礼物。

“我要给孩子拍很多短片，一直到他长大。”侯老的脸上，挂着掩饰不住的兴奋。

家里的墙上还挂着去了另一个世界的儿子的照片，但侯老已不再那么悲伤，他领悟到，不舍得丢弃回忆的人，也可以很快乐。曾经的美好，都是宝藏。是永不过期的支票，可以用来支取快乐。

狄金森在一首诗中写道：“受伤的鹿跳得最高，受锤击的岩石飞迸，被践踏的钢条反弹，那格外红的脸颊，是肺结核在叮咬……欢乐是痛苦的铠甲。”

痛苦来袭，就用快乐去抵御吧。只有让痛苦止步，幸福才会上路。

火把在前，笛声在后

夕阳沉下去了。为什么是“沉”，不是“落”？为什么每次我都要这样悲伤地描写落日？想想，任何伟大的生命都有休息的时候。剩下的是夜路，那又何妨？

如果你恐惧夜路，那么肯定是你没有见识过夜路的美？我指的不是城市里的灯红酒绿，而是城市之外，没有路灯但是有月光和星星的夜路，还有风，还有暗夜里涌动的花香，还有争分夺秒，不舍昼夜恋爱着的鸟儿。

儿时，我趴在母亲的后背上，脸像烧红的火炭，炙烤着母亲不敢停歇，一路小跑着奔向三十里以外的小镇。那里有医院，有信得过的医生。母亲气喘吁吁，却不停地逗着我说话：“帮妈数数天上有多少颗星星啊。”

“我数不过来，好多好多。”

“地上的每一个人就是天上的每一颗星，你找找看，看能不能找到妈妈。”

“找到啦！在那里。”我指着一颗划过的流星，兴奋地喊着。

“怎么会是那颗流星呢？”

“因为它也在跑啊，就像妈妈这样，在跑啊。”

小鼹鼠不停地打着洞，它想掩埋月亮，像掩埋一枚坚果一样，留着过冬。可是它发现，自己是徒劳的，月亮怎么埋也埋不起来。干脆，就看一会儿它啊。

它仰躺到了地上，让柔软的肚皮对着月亮一起一伏，月亮还真是美啊！

对月亮，它既爱又恨，爱月亮的清辉照着自己，让自己看起来更美丽；恨月亮把自己暴露给了它的天敌，使自己时刻处于危险之中。可是要欣赏美丽的月亮，不冒点儿险怎么能行呢？

它爱恨交织的心啊，随着风，一跳一跳，像不熄的烛焰。

我就像那只小鼹鼠。没有月光的夜晚，请不要逼迫我写作。即便写了，也是没有灵魂的砖块，砌不出金字塔，砌不出古楼兰的神秘城堡。

我的文字，只属于有月光的夜晚。这是我与文字的秘密之约。

我的文字，永远只在有月光的夜路上奔驰。

我抬头，看见月亮正在抄小路回家，急匆匆的，只是为了给我暖一暖被褥。让我的梦，不至于忍受风寒。

如果，仍然找不到那条通向亲切和霭的路，我将越来越害怕黑夜——如果走近的人，总在欢笑之后留下伤害，总在承诺之后开始背叛，在我所不能了解的复杂里，总堵塞着诡异的无奈。我是多么害怕天黑啊！多么害怕那些我不了解的冰，它幽黑无形地在我的身边，悄悄堆积成重重的城……

夜路，你会看到乌鸦吧，比夜更黑的乌鸦，因为有雪，才把它们显露了出来。

乌鸦一生都在做一件事：诅咒。它诅咒其他鸟的翅膀都变成黑色，同时希望自己的翅膀变成彩色。

它脱不下黑袍，除非雪，给予它们伪装。

可是它们的伪装太过短暂，因为它们无法平静，总想着去亮一亮它们的歌喉。

可是，夜路上的乌鸦，依然让我感动，我打它们身旁经过，掌心有月亮的影子，发梢有风的味道。

星星也铺满我的头顶，那是一整个童年的糖果，甜了我们的眼睛。

祖父是在一个夜里走的，走得很安详，祖母没有哭泣，安静地给祖父穿着上路的衣服，一边穿着一边不忘嘱托：夜路黑，你慢着点儿走啊。我在心里给她编织的台词是：走吧，亲爱的！勇敢一些，去跟天上的群星相认。

陈丹青的导师木心阐述过令他心仪的一段夜路之旅：有人在夜里送他回家，前面的持火把，后面的吹笛。那是何等美妙的夜路。

什么是最浪漫的心，这应该算是吧！

人生总有几段美妙的夜路，你捉了几个萤火虫，够了几克拉星星？

小 暑

小暑是妹妹，不谙世事保守纯洁。即便那蛊惑之言抹了再多的蜜，也无法令她心花怒放。她的城池，固若金汤。

——小暑

10号轮盘赌

蒂姆和凯瑟琳相爱了整整十年，谁都不会想到，如此恩爱的他们，却分了手。

令蒂姆抓狂的是，凯瑟琳移情别恋的对象，竟然是自己的好朋友罗杰斯。

凯瑟琳喜欢赌博，而罗杰斯在拉斯维加斯开了一家赌场，为了满足凯瑟琳赌博的欲望，蒂姆经常会给她一些钱，纵容她去赌，并把罗杰斯介绍给了她。他真后悔让凯瑟琳和罗杰斯认识，罗杰斯是个情场老手，多少美女都逃不过他那双忧郁的眼睛，更要命的是，罗杰斯有的是钱，可以变着花样玩浪漫。而他呢，现在的事业正在走下坡路，每天忙于工作，陪凯瑟琳的时间很少，而女人却是多么需要这个。

“亲爱的，回到我身边来，好吗？我会努力使自己成为从前的我，我会比以前做得更好，你相信我，回来，好吗？”蒂姆苦苦哀求着。

“不可能了，一切都过去了。”凯瑟琳一边收拾东西，一边绝情地说。

“可是你要知道，罗杰斯是个花花公子，这么多年，我最了解他，你和他在一起，等于是在玩火。”

“不，蒂姆。就算没有罗杰斯，我们也依然要结束了。请不要把我们的事情都归结到罗杰斯的头上，当然，我也不否认，现在，我的确很爱他。”

“是因为我现在的公司不景气，而他却腰缠万贯。对吗？”

“随你怎么想吧。十年，就让它画个句号吧。再见，蒂姆。”凯瑟琳吻了下蒂姆，毅然决然地离开他们相爱了十年的爱巢。

“女人真是很奇怪的动物，动情起来热得全身沸腾，绝情起来冷得人心发颤。”蒂姆想，他该学着去忘记她了。

他看了看手表上的日历，10月10号。他不禁苦笑一下，他们相识于十年前的10月10号，不知道是有意还是巧合，一切都仿佛是上天注定的一样，10号，令他纠结的一个数字。

从此，不自觉地，他像被附了魔咒一样，涉及数字的时候，他总是有意去避开这个数字，因为这能触痛他心灵的伤疤。音乐会上，如果他的座位是10号，他会找别人和他换座位，咖啡馆里，他会离10号桌远远的……他的心始终还是放不下，始终不能轻松。

如果她跟了别人也就罢了，偏偏是和自己最好的朋友好上了，这让他无法接受。包括自己公司生意的一步步下滑，他都觉得是有人故意谋划的，爱让他的心理失控，他开始怀疑身边的每一个人。

“嘿，嘿，福特曼，你不能把这个工作拿家里去干，天知道你家里的电脑有没有保密系统，这可是咱们公司的机密。”

福特曼垂头丧气地回来，看来又要在暗无天日的公司加班了。这还不算，当他掏出一盒烟，想点上一支，缓解一下疲劳，蒂姆却一下子冲了上来，一把抢下福特曼手中的烟，扔到地上，用脚使劲地踩，同时不停地骂道：“和你说过多少次了，不要在我面前抽这个牌子的香烟，难道你没长记性吗？”

福特曼低声骂了一句，捡起地上的烟，看了看那牌子——“雪茄10号”，又委屈又郁闷。

他的坏脾气终于使身边剩下的最后两个亲信也离他而去，他真正成了孤家寡人。

他开始酗酒，可是该死的，他竟然在酒瓶子上看到了一个“10°”的字样，他把瓶子愤愤地摔出去，仿佛要摔掉自己的霉运。

每个月的10号，他都会把自己关在屋子里，哪儿也不去。那是他每个月里必定要消失的一天。

当公司的破产报告放到他桌子上的时候，他想到了死。

他想见凯瑟琳最后一面，他想，生命的门，是关还是开，都要看凯瑟琳是否能够回心转意。

“请您死了这条心吧，即便有一天，我和罗杰斯分手了，我也不会再回头了。而您也大可不必为我这样一个女人太过伤心，我不值得您这样。”凯瑟琳依旧决绝地拒绝了他。

“那么好吧，祝你幸福。”

蒂姆心灰意冷，他来到拉斯维加斯，来到他的好朋友罗杰斯的赌场，他要在死去之前进行一次豪赌。他把剩下的所有的钱，包括他的豪宅名车，都拿到赌桌上换成了筹码。凯瑟琳离开他，让他觉得一切都失去了，一切都变得没有任何意义，钱留着也无用，不如都赌了吧。他想，他要把一切都输掉，然后干干净净地离开这个世界。用这样的方式结束自己的生命，也好。

他的手枪里有两颗子弹，一颗是给自己的，另一颗是留给罗杰斯的，他要在输光一切后，先把罗杰斯干掉，然后自杀。

他来到一张轮盘赌的赌桌前，恰巧，凯瑟琳也在。

他望了一眼凯瑟琳，然后负气一般，把所有的筹码都押到了10号。这个令他爱、令他疯、令他狂的号码里面，有过太多的欢笑和泪水。

“就在这个号码上结束这一切吧。”蒂姆闭上眼睛，手不自觉地去摸了摸口袋里的手枪。可是令他万万没有想到的是，轮盘上那个指示针就像附了魔咒一般，悠然地转了几圈以后，竟然慢慢地向10号滑去，最后竟然不偏不倚，就温柔地停在那里，像只小猫一样，乖乖地，一动不动。

他听到了一个女人的尖叫，是凯瑟琳。不过，他拒绝了她飞奔过来的拥抱。

“人生真是无常啊！”蒂姆感叹着，心有余悸地摸了摸口袋里的手枪。看来，他可以省下那两颗子弹了。

当你踩到了紫罗兰的心

在那个城市里，他是一个威风八面的人，不管黑道还是白道，人人都敬重他。没有人敢对他有半点不敬。

生意场上，他飞扬跋扈，独断专行，但在生活中，却是个很绅士的人。每天开车回来，在小区的停车点上，不管多忙，都会耐心地把车子多倒几下，直到不能再靠里了。停车点很狭窄，他来来回回要多费上几分钟，“经常看到别人的车子没地方停，所以我不能占着两个车位。”他说他之所以这样做，就是为了要给别人留个停车的位置。

还有一次，他的所作所为更是让我们对他心生敬意。

那天，他慢慢地开着车子，看到路边有一对年轻的恋人在闹别扭，男孩低声下气地向女孩道歉，女孩却始终不肯给男孩好脸色看。男孩就那么一直耐心地赔着笑脸。他路过他们身边的时候，好奇心驱使他本能地放慢了车速。没想到那男孩忽然变了一副样子，大声地向他吼道：看什么看？快点走开。他先是一愣，很久没有人敢这样没礼貌地和他说话了，但他没有生气，也没有把车子开走，继续在他们边上慢慢行进。那男孩生气了，挥起拳头猛砸了一下被他娇生惯养着的爱车的腮帮，车子惨叫一声，停住了。男孩继续不依不饶，对他吼道，再不走开，我可不客气了，一副十足的古惑仔模样。让人意想不到的是，他竟然向那个男孩谦卑地笑了一下，唯唯诺诺地说着一些道歉的话，然后慢慢地把车子开走了，在倒车镜里，他看到那个男孩很神气地对那个女孩比画着什么，而那个女孩似乎也不再和他生气，两个人手挽着手离开。他对我们解释说，他之所以这样做，是因为他觉得，降低一下自己，便可以成全别人。他只想给那个男孩一个表现自己的机会，让他在女孩的心中变得高大勇敢。

我们和他开玩笑说，在生意场上你那么霸道，到了生活中，怎么就成了“软蛋”了呢？他便给我们讲了他年轻时候的一件事。那时候的他，血气方刚，什么事情都喜欢用武力解决。有一次，一个社会上的小混混得罪了他，他找到了那个小混混的家，狠狠教训了他。小混混的老父亲赶回来，死死地护着，不许他再动他的儿子一根汗毛。派出所的人来调解，问老人家有什么赔偿请求。他的心里七上八下，心想他肯定会“狮子大开口”，漫天要价。令他没想到的是，老人非但没提任何要求，还真诚地对他说：“谢谢你替我教训了我这不争气的儿子，让他知道，这就是当一个不务正业、游手好闲的小混混的下场。”他愣怔在那里，羞愧难当。多少人打他都没让他低过头，但那天，他恨不得把头低到地上。

纪伯伦说，一个伟大的人有两颗心：一颗心流血，一颗心宽容。人与人的纠葛，物与物的碰撞，突如其来的意外变故，这一切都使社会显得那么狭小，使生活变得那么拥挤，每个人都会在着急赶路的时候不可避免地制造一些伤害，不是碰伤自己就是割伤别人，这个时候，就需要我们宽容生活，宽容会让我们的心开出无比美丽的花朵。

当你踩到了紫罗兰的心，它却把芳香留在你的脚上。这是紫罗兰的宽容。宽容生活，实质是为了更好地生活。我们以善意的客观的态度理解着生活的一切内涵，我们也就发现了生活为我们展示的所有良好机遇。给心一份轻松，自由去做我们该做的一切；给生活一个广阔的空间，使生活在我们的创造下变得更加美好。

所以，若要活出人生的精彩，品悟人生的美好，请时刻以善良为圆心，宽容为半径，它们会为你画出一个圆满的人生。

37度拥抱

大学毕业那年，一群人怀揣着梦想，踏上了从东北到广州的火车，按照计划，火车到站后，可以不用出站，坐最后一班从广州到深圳的列车到目的地。很遗憾的是，火车晚点了三个小时，计划被打乱，很显然需要在广州过夜。都是一群刚出校门的孩子，谁也拿不出个可行的方案，当大家吵吵嚷嚷的时候，旁边有个大姐说："广州站挺乱的，你们不要随便乱找酒店了，这样吧，你们和我一起下车，我爱人接我，到时候问下他。"因为一个陌生大姐的一句话，这个被认为是走出校门碰到的第一个问题被解决了。下车的时候，大姐的爱人来接她，大姐把我们的情况说了一下，他爱人打了几个电话，然后用他自己的车，分三趟把我们送到了离车站不远的一家旅店，并交代旅店老板，我们是他的朋友要关照一下。那是一家既干净又很便宜的旅店，那晚我们睡得很香。后来，去广州出差的时候偶尔会给那位大姐打个电话，见了面，也会有一个满满的拥抱，舒适的、惬意的、37度的拥抱。

去年秋天的一个下午，我骑着自行车急匆匆回家，突然发现手机不见了，急忙掉转车头返回寻找，走了很长一段路，看到一个推着脚踏三轮车的老人向我打招呼，我来到他的面前，他递过手机，带着责怪的语气大声说："刚才叫你，你也没听见，都等你半天了，以后小心啊。”

前几天，粗心的我又一次把手机滑落了，回到家发现手机已关机，我是那样的焦急和沮丧，虽然手机已经不再时尚，功能也落后了，可是它四年来日日夜夜伴随着我，已成为我生活中不可缺少的一部分，它与我一起度过那些悲伤的快乐的成功的失败的日子，它的每一个按键，每一步操作，我是多么熟悉，我很喜欢握着它在手中的那种踏实的感觉，不禁为自己一时的疏忽懊悔不已。我不敢想象就这样失去它了。女儿安慰我：“爸爸，这一次你的运气恐怕没上次好了，再买一个新的吧。”我只是默然。然而当我怀着忐忑的心再次拨出我手机的号码时，手机意外地接通了，传来一个陌生女孩子甜美的声音：“请问这是你的手机吗……”好运再次降临，生活让我又一次感受到了陌生人带给我的温暖。

37度是人体正常的体温，也是心灵的温度。王菲说：“我只爱陌生人，我的爱比脸色还单纯，比宠物还天真。”这个年代的陌生人，有时是擦肩而过的人，有时是见了千面万面的人。陌生人与陌生人之间，就像两只长满刺的刺猬，分开怕寒冷，拥抱怕疼痛……所以，就都披了一层厚厚的防伤害盔甲。

城市的钢筋丛林里，心灵的体温，约等于一个陌生的笑脸，一句陌生的问候。是不是陌生人并不重要，重要的是做一个有魅力的人。谁会拒绝善意的笑脸呢？这一分钟，我和你在一起，就应该有相拥的温暖。

如果把城市里的人心放在一起，就是一个一个的蜗牛，每个人都在精心营造自己封闭的小壳，虽然多数人的小心和谨慎只是出于保护自己，并没有恶意。只是打开一扇窗，可能遇到风雨，也可能看到彩虹——相信世界有爱，大方接纳陌生人的善意。如果风雨可以承受，为什么我们要放弃彩虹？

爱，总要拐几个弯儿才来

他和她，是经人介绍认识的。

他是一个的士司机，老实巴交的一个人。长年累月，风里来雨里去，行遍了小城的每一个角落。她是银行的小职员，每天两点一线，很内向很规矩的一个女孩。正因为两个人这样的性格，导致了他们成为大龄的“剩男剩女”。

他和她在一起，话不多，常常会因为想不起说什么而有些尴尬。她和他在一起，常常心有旁骛，一颗心没有着落的样子。中间做媒的人跟着着急，问他们到底还处不处这个对象，两个人没说处也没说黄，彼此等着对方说些什么，却都是欲言又止。

偶尔，他们也会聊起那些过往。他说，媒人给他介绍过两个对象，可是最后都黄了，因为其中一个不让他把母亲接过来住，而另一个却是嫌他穷。就像他的人一样，连过往的经历都那么平淡无奇。她也对他说了她的过往，从她说话的表情来看，她是留恋那些岁月的。她说她有过两段感情，烟花般绚烂而又短暂。两段感情都有着相似的情节，灿烂的开始，落寞的结局，两个男人先后负她而去。这两次情感经历就像两把刀子，生生地割着她的肉。她是一个“死心眼”的女人，总是无法从记忆的阴霾中走出来，家人跟着着急，就想把她尽快嫁出去，怕她这样时间长了会生病。

情人节的时候，憨厚木讷的他不懂得给女孩子送花，更别说什么好听浪漫的话语了。他只会开着车子对她说，带你看看咱城市的夜景吧，很好看呢。她就坐在车里，不说什么，任凭他把车子开到哪里。她想起以前的男友，在情人节的时候找来一大帮人，为她在一个偌大的楼顶燃放烟花，那些异彩纷呈的浪漫璀璨了她那颗少女的心。只是她想不明白，那样美好的东西，为什么会稍纵即逝呢?

“哎！”她轻叹着，哀怨的眼神飘向窗外。她说她总是不能忘怀，那些浪漫的情节，仍旧时常在她的梦里闪现。每每这个时候，他也会轻声地跟着叹息，仿佛对面坐着的，是他的一个受了伤害的亲人。

每天她下班的时候，他都会准时把车停在她的单位门口等她，送她回家。他不说什么，就那么憨憨地笑着，接过她的包，替她打开车门，每天都是这样。如果哪天单位加班了，他就在外面等，哪怕等到深夜。和她的“死心眼”比起来，他就有点“一根筋”了。按理说，通往她家的是一条大路，他完全可以在那条大路上直达她的家。可是他偏偏不走大路，总是七拐八拐地走一些小道。她在心里笑他，以为他只是想和她多待一会儿，可是又不善于表达，就想到这个笨笨的办法，虽然可笑，也挺可爱的。想到这里，她并不埋怨他。

终于忍不住，有一天，她问他，有条大路可以直接通向我家的，你为什么总是要走小路呢？七拐八拐的，费事不说，也费油啊。他只是笑笑，没说什么。

日子就那么过着，两个人谁也没说过和爱有关的字眼。他认为每天能开车送她回家就很幸福了，他以为这样她就是默认了他们的关系。直到有一天，他突然接到她的电话，让他别去接她了，她说她有事情不回家了。他并不奇怪，只是到了那个时间，很习惯地又把车子开到了她的单位门口。可是他却看到她坐进了别人的车子，那是一辆白色的雪铁龙，耀眼的白，刺得他有些睁不开眼睛。

一连好几天，她都说不用他去接她。他开始有了某种不祥的预感。果然，她在电话里对他说，以后不用接她了，她说他们在一起不合适，她说祝愿他找到一个比她好的姑娘。

那些日子，他跟丢了魂似的，没心思做任何事。每天到了那个时间，他还是忍不住要去那里等她，但每次都是看到她坐进别人的车子。

一天，那辆车没有来，他看到她了，不停地拿出手机，不停地拨着号码，然后就是不停地哭，不停地问着“为什么”。看着她在风中因为抽泣而不停抖动的身子，他的心底有一种被撕扯般疼痛的感觉，他脱下他的外套披到她的身上，他说回家吧，天气凉了。

她说她以前的男友从国外回来了，约她见面，说很想念她，想重新和她在一起，让她再给他一次机会。她原谅了他当初的背叛，她以为这是上天对她的怜悯，让自己的生命重新灿烂夺目。没想到，这又是一场烟花表演。就在他们约会的地方，一个自称是他太太的女人出现了，那是个很厉害的角色，当着他的面，重重地扇了她一记耳光，说她是个狐媚，净想着勾引她的男人。委屈的泪水夺眶而出，她感到自己有些支撑不住，天旋地转，随时都有倒下去的可能，可是他却跟着那个女人，灰溜溜地走掉了。

稍纵即逝的烟花，又一次烧焦了她的心。

“哎！”他还是陪着她轻叹，他不会说句安慰的话，只是给她讲在广播里听到的笑话，跟她说一些奇闻逸闻，跟她说刚才的天气预报，说明天要降温，记着多穿点衣服……她的心慢慢平复了，她说谢谢你，送我回家吧。

他还是不走那条大路，七拐八拐的还是走那条小路。终于，她还是忍不住地问他，为什么不走大路呢?

他说，你没看见前面有个很大的垃圾堆吗？如果走大路，车子就得停在垃圾堆那边，那样，你不是还得多走50多米吗，呵呵。从这边走，就可以直接到你家门口了。

她愣怔了半天，没想到这个木讷的男人竟然如此心细，她忽然感觉到一种前所未有的温暖。

她想，单单这一句，该是胜过所有浪漫的山盟海誓了吧。

他把车灯打开，直到她进了屋，开了灯，他才转身离去。

她给他织了件毛衣，说冬天到了，天天起早贪黑地开车，要穿得暖和些。他迫不及待地在大街上就把毛衣换上了，满脸满心的幸福喜悦。

她想，能给另一个人带来温暖，也是件很幸福的事情呢。

看着夕阳下仿若天使的她，他咬了咬嘴唇，似乎下了很大的决心似的，而她的脸上亦是挂满红晕，似乎在等待着他说什么。“我……我……”他挠着脑袋，喃喃地说，“以后你下班的时候，我还可以去接你吗？”她被他的憨气逗乐了，大声地说：“当然了，而且不走大路，走小路。”

他和她都笑了，天上开始飘起雪花，慢慢地落到地上，正在织一张幸福的地毯。

她终于敞开了心境，她想，人生不会都是笔直的大路。有时候，爱和幸福一样，也是七拐八拐，拐好几个弯儿才来的吧。

当热爱的矛遇到冷漠的盾

春天的花蕾和冬天的枯草一起组成了世界。它们是一体的。

你忽而喜欢热情的摇滚，忽而喜欢安静的古典乐。你的心一会儿年轻，一会儿衰老。

你关注形形色色的脸。愉快的、欢笑的、兴奋的、悲伤的、痛苦的、麻木的、淡然的……却总是不关心自己脸上的表情。

冷静分析一段感情可能带来的利弊，又无法自拔地狂热地沉溺着纠缠着。

你是雷电，又是避雷针。守着一份无法牺牲，却又无法保护的爱。

女人们是喜欢流泪的动物，看一部带点煽情意味的家庭剧，大概要用上多半打纸抽——她是多么理解那些做婆婆的苦楚啊。从剧情里出来，则变成了另外一种样子，和闺蜜们聚在一起，最大的谈资，依然是婆婆们的种种不是。

结婚纪念日，想着早点回家给爱人一个惊喜，却在下班途中被人叫走，赶赴一个饭局。走得从容不迫，甚至没有一丝挣扎的犹疑；定好的周末回家陪父母一起吃饭，却在父母准备好一桌子饭菜的时候打电话说在加班，回不去了，而实际情况是在陪领导钓鱼。

在公交车站等车的时候，希望所有的车路过都能停靠，好不容易挤上车之后，希望车子在你到达目的地之前不要再停下来。

给自己找无数的理由给灵魂松绑，却又在最后关头勒紧缰绳。

这一刻疯狂地想要融入，下一刻又疯狂地想要逃避。

和朋友玩得风生水起，却常常是独自一人和世界相伴着醒来睡去。有时觉得自己天生适合独处，有时即使在人群中都会感到彻骨的孤独。越是有想法的人，便会越容易有寂寞感。

一面喜欢雪花，一面又惧怕寒冷；一面喜欢着诗歌，一面又厌恶着诗人。

每个男人都认为自己是怀才不遇的千里马，却又不肯去伯乐路经的路上忍受一会儿烈日的暴晒；每个女人都觉得自己很有市场，却又迟迟不肯“推销”自己，致使多年以后，被称为“剩女”；每个胖子都相信自己瘦下来后是个美人，可是仍旧不肯少吃一口眼前的美食；每个人，都被想象中的人生鼓舞，又对现实里的自己失望。

喜欢小猫小狗，可是真的养在家里，又嫌它们脏，急着送了人。

清清楚楚地知道那些遥不可及的不可能，偏偏有无数的人愿意去做“白日梦”。

赞叹日出那动人心魄的美，却又贪恋被窝里的那一点暖，不肯身临其境，朝觐太阳的分娩。

乐观主义者就像一只只趾高气扬的公鸡，每一个都以为太阳是它叫出来的；悲观主义者就像一只只唉声叹气的壁虎，每一次断了尾巴都以为世界末日到了。

唠叨是最无用的教育方式，可是女人们依然乐此不疲地将它泼洒在男人和孩子身上。

看过了太多的骗局，却又会轻易相信一个陌生人；质疑一切所见所闻，却又轻易屈服于无从追溯由来的信仰；质疑内心，又屈从于内心。

一面仇富，一面拜金；一面声讨贪污，一面嘲笑清贫。一面高谈着惩恶扬善，一面在歹徒的刀刃前低下头颅；一面标榜着疾恶如仇，一面在少女的呼救声里逃之夭夭。

我告诉自己，要写一封情书，给爱人，给自己，给这个世界。还没写一个字，钢笔里的墨水就干了——正如人生一样，经不起等待。

陀思妥耶夫斯基说，魔鬼同上帝在进行斗争，而斗争的战场就是人心。

是啊，一个人看似平静，内心却擂鼓喧天。大到善与恶，小到热爱与冷漠，没有一刻停止过争斗。

热爱的矛遇到冷漠的盾，这本就是一个矛盾的世界！但我相信，总有一天，锐利的矛会刺破那看似坚不可摧的盾。

爱上仙人掌的蝴蝶

沙漠上，生长着一棵孤零零的巨大的仙人掌，他有超强的抗旱能力，他是沙漠上少见的几种植物之一。他是沙漠里的英雄，有着威武不屈的品质，在残酷的环境里，倒也活得逍遥自在。

一只蝴蝶爱上了他，因为她觉得，他是所有植物当中最冷峻、最孤傲的。所以不管风沙如何肆虐狂舞，她总要飞到他的身边，向他倾吐心中的爱意。可是每次靠近他的时候都会被扎得伤痕累累。仙人掌对她说，上帝给了他们防御敌人的武器，就夺去了他们爱的权利。所以他们不能有爱。蝴蝶执迷不悟，还是日复一日地去接近他。看到蝴蝶每日都会受伤，仙人掌那颗坚硬的心终于软了下去，由最初的嘲笑到同情，最后，他开始心疼那只傻傻的蝴蝶了。

终于有一天，他对疲倦的蝴蝶说，来吧，到我的肩头歇歇吧。蝴蝶看到，为了她的爱，他拔掉了自己肩头的刺。蝴蝶感受到从未有过的温暖，他们互相依偎着，享受着彼此的幸福。可是，蝴蝶忽然看到了他身上的那些小洞里有液体流出来，她不知道，那是他的眼泪。

第二天蝴蝶去的时候，看见有只鸟正在啄食着仙人掌的身体，正是那个拔掉刺的肩头，他已经被啄得伤痕累累……

蝴蝶不能容忍那只鸟去啄她的爱人，奋不顾身地扑向那只鸟。鸟离开仙人掌的身体，却把蝴蝶撕得粉碎，像一片片花瓣，飘落在仙人掌的肩头。

仙人掌瞬间枯萎了。

仙人掌，他的生命里注定不能有爱。有爱的时候，就是他失去生命的时刻。可是，他终究还是选择了拔掉自己的刺，来享受一段爱情，那只傻傻的蝴蝶也是，到死，她也不曾为这段爱情后悔。只是，傻傻的蝴蝶不知道，她愚蠢的爱，不仅毁掉了爱人的身体，也葬送了自己的生命。

这是否就是我们每个人的真实写照？在这个尘世，是否，你为了爱人而拔掉自己的刺？是否，你就是那傻傻的蝴蝶？

虽然蝴蝶和仙人掌是个悲剧，但它告诉了我们爱的真谛：爱一个人，就是爱他的全部，包括他身上的刺。

残缺的糖块

老唐是个残疾人，我们叫他“糖块”，因为他带给我们很多甜蜜美好的时光。

与他交往，纯粹是因为文字的缘故。那时，我们对文学无比热爱。不厌其烦地用一首首诗歌描绘着美好的明天，仿佛生命中到处都是奇迹，时刻梦想着上帝为我们打开一扇扇门，让我们徜徉在春意盎然的花园。

那个时候，糖块的诗是我们当中写得最好的。而且他为人仗义，性格直率。自然，他就成了我们的大哥，他的修鞋铺也就成了我们常常光顾和聚会的地方。聊到兴处，他就干脆扔下手中的活，邀我们去他住的地方，饮酒作诗，恣意狂欢。玩牌的时候，没有人愿意跟他一伙，因为即使他抓了世界上最好的一副牌也会最后一个出完，那时我们总是不明白，聪明绝顶的一个人为什么玩起牌来却那么弱智。

后来才知道，因为他是我们的大哥。他要哄我们开心。

在遭遇生命中那场雨之前，糖块是快乐的。每天把一双双未老先衰的鞋子修理好，使它们枯木逢春，得以延续生命。他的修鞋铺生意不错，自然跟他的手艺有关，但更多的原因是他那张三寸不烂之舌，不管男女老幼，他都会找到话题，让人在晕晕乎乎之中竟找到了一种宾至如归的美好感觉。

那本油印的诗歌小册子吸引来不少漂亮的女孩，糖块为她们“感冒”了好几次，最终的结果却是，糖块做了“行善积德”的“老媒婆”，那些漂亮女孩都被他身边的男孩子们一个个地领走了，最后剩下的，还是他一个人。但是糖块以此为乐，小夫妻们发生争执了，也愿意往他那里跑，只要他动动嘴皮子，准能把他们哄得和好如初，红着脸来，牵着手走。

他的修鞋铺就这样成全了很多爱情。直到今天，那个破旧脏乱的修鞋铺仍时时牵动着我们的心。它就像生生不息的顽强的草，无论怎样也无法将它从我们的记忆里割除。

当妖（我们当时为那个女孩起的绰号）走进糖块生活里的时候，我们与他的友情便不再艳阳高照了。妖很温柔，每天都会在黄昏的时候用轮椅推着糖块一起散步。糖块幸福极了，拿出积蓄为妖买首饰和皮装，有时候甚至一连好几天都不去修鞋铺。后来，妖走了，给糖块的存折里剩下50块钱。那天，雨下得很大，糖块在雨里淋着，不肯回屋。后来，他的脚丫子落下了毛病，一到下雨阴天就痒痒得如坐针毡。也好，打那以后，我们再也没听过天气预报，谁想知道老天爷的阴晴圆缺只需问问糖块那只预言的脚丫子痒不痒就行了。

糖块将修鞋铺兑了出去，他四处凑钱，发誓要做大买卖。他说妖之所以离开他，就是因为他没钱。

糖块不再迷恋文学了，他跻身商海，到处嗅着金钱的味道。从家电商场到化肥工厂再到拆迁公司，他也算是小镇上的名人了。虽然他患过小儿麻痹症，无法站立起来，但小镇上的人宁愿蹲下来也要和他握握手。有了钱，他身边便不再缺少女人了，只是，小镇上的人再没见过哪个女人推着他到掺了蜂蜜的夕阳里散步。

我还记得，他写下的最后一首诗就是关于那场让他心灵受了伤的雨，写得很好，也算是他为自己的青春留下的绝唱吧：

生命中下起了雨
却无法浇灭悲伤
它一分一秒不间断地燃烧
烘烤着一场潮湿的记忆

灵魂里只剩下半块镜子
太阳也跟着残缺了一半
桌子上的白纸是我的玫瑰找到的最后一片土壤
我把所有想说的话，所有在微笑中梦见的时光
都变成一行行跳跃的诗句

却依然
无法与你的心灵押韵

糖块的修鞋铺子就这样在我们的记忆里陈列起来，被冠以“一级文物”重点保护。糖块从来没有想过，他曾经缝好了多少双鞋子，补好了多少对情感，那些鞋子又踩出了多少道路，那些情感又酿出了多少故事。

糖块想的只有一件事，他有钱了，可是妖为什么还不回到他身边呢？

迟钝的美德

昨天又降温了，一群朋友窝在一起聊天。一位朋友问："你们想过没有，未来最想要什么样的生活？"

于是，一群人安静地各自思索。我说："有通俗的，有高雅的，想听哪个？"朋友说："俗人嘛，就俗的吧，真实。"我说："俗的就是有一所属于自己的小房子，弄得很舒服，可以窝在里面大吃大睡，无聊时就看看碟，听听歌。最主要的，是让自己变得迟钝一些，不把今天安排得过于完满，也不把明天安排得过于周到，顺其自然，水到渠成地去生活。"

朋友大笑："原来你要的就是猪的生活呀！"

其实，我理解的美好生活很简单，不必费心取悦别人，只要一种属于自己的幸福感就好。这种幸福可以很宽泛，也可以很简单。

猪的生活有什么不好。猪如果聪明绝顶，想到自己最终要沦为案板上的肉，那免不了会失去活着的勇气吧。这样迟钝一点，活一天就好好过一天，吃得饱饱的，睡得香香的，即便有一天成为案板上的肉，也不枉舒舒服服地活了一回。

当那首"猪，你的鼻子有两个孔"的歌风靡大江南北的时候，猪也成了人们眼里的宝，炙手可热。没有哪一个动物明星能够超过它的气场。

所以，我还是希望自己能够迟钝些，尽管迟钝常常被看成“傻”。

我不想像只刺猬一样，竖起毛发，每天如临大敌般对这个世界保持着警戒之心；不想像章鱼一样，有那么敏感的触角，任何一点声响都能在它的内心掀起波澜；不想像一只狗一样，有那么灵敏的嗅觉和听力，一点风吹草动就搅扰了一个美梦……

有些女人冰雪聪明，伶牙俐齿，我不艳羡。我认为迟钝一点儿的女孩，更是可爱。

就像你要讲一个笑话，没等你讲完，那个聪明的人就猜到了结局，把包袱提前抖了出来，你喜欢这样的人吗？我不喜欢，我喜欢那种瞪着大眼睛，等我把笑话说到最后的那一刻，然后爆发出惊天动地的爽朗的大笑的女孩。

眼睛毒辣，巴不得看透你心里所有的秘密，你喜欢这样的人吗？我不喜欢，我喜欢那种托着腮，静静地听你讲心里的话，然后不停地问着“后来呢”“为什么啊”的女孩。

尼采说过，无须时刻保持敏感，迟钝有时即为美德。尽量从善意的角度去诠释语言，保持比对方迟钝的感觉。此乃社交之诀窍，亦是对人的怜悯。

渡边淳一发明了一个新词“钝感力”，他认为，“钝感是一种才能，一种能让人们的才华开花结果，发扬光大的力量”。

钝感，说白了也可以看作是内心的宽厚，这样的心是耐磨的，猜疑、妒忌、谣言、诅咒……种种伤害都可以消化得了，也只有这样的心，才能把种种不幸和困苦放进自己的熔炉，最终磨砺出闪光的珍珠来。

慈悲的月光

姐姐秀英，端庄贤惠，性善慈悲，然，命途多舛，令人唏嘘。

我在今夜想她。

窗外的月光铺了一地，像散碎的银子，却无人捡拾；像早来的秋霜，却不见人打扫。月光多么慈悲，努力地在黑暗中撑起希望的经幡，不让人撞到绝望的墙。不由得便想起姐姐手捻佛珠，闭目诵经的模样，心里一阵酸楚。

姐夫长得其貌不扬，甚至有些恐怖，身上到处涂满不正常的白癜风的白色，包括眉毛，为此有人嘲笑他，叫他白眉大侠。眼珠是黄色的，谢顶，同时还有狐臭。这还不算，他没上过学，大字不识一个，家里还穷。就这样一个男人，要啥没啥，却愣是软磨硬泡地娶了姐姐，在外人看来有些不可思议。其实最开始的时候，姐姐也是压根儿不同意，可是他坚持不懈地对全家人献殷勤，最后，看姐姐实在不理他，竟然吃了老鼠药。看着他在地上疼得直打滚，嘴里却不停地哀求姐姐的样子，姐姐的心软了，动了慈悲的念头，和父母说："要不，就这样吧。"

一句"就这样吧"，一个慈悲的念头，就把自己的一生扔将出去。

父母坚决不同意，哪怕那颇有心计的姐夫说破天去也不行。

可是姐姐慈悲的心一旦动起，便收不回来了。她私下与他定了终身，不顾父母的反对，稀里糊涂地和他去领了结婚证。生米煮成熟饭，没办法，父母也只好认了。替他们草草张罗了一下婚礼，就任他们俩在外面租了房子，过起寒酸的日子来。

我的傻姐姐，那不是爱，只是慈悲。而这慈悲竟是害了姐姐的。

婚后，他们一无所有，姐夫在外面打零工，三天打鱼两天晒网，总嫌累，挣得少。总惦记着一下子就发了财。就这样浑浑噩噩地过了好几年。孩子出生的时候，没有钱做手术，就请了个接生婆，在家里自己生。孩子顺利生了下来，可是紧接着，那孩子就有抽风的症状，姐姐哀求他，让他出去借点钱，把孩子送医院，愚昧的他竟然信起迷信来，说是老祖宗喜欢孩子，来看孩子了。在道口给老祖宗烧了些纸钱回来，孩子的呼吸已经微弱得快不行了。那时候没有电话，姐姐让他快点来找我父母，他看情况实在危急，才跑来向我们求助。当我们赶到的时候，那弱小的生命已经停止了呼吸。姐姐抱着孩子，哭得差点儿背过气去。

父亲终于隐忍不住，给了他一记重重的耳光，要把姐姐领回家去。他跪在地上忏悔，一万个保证会让姐姐过上好日子。姐姐又动了慈悲的念头，擦干眼泪，对父母说："爸、妈，你们回吧，我没事，过两天就好了。"

一年之后，第二个孩子降生了，谢天谢地，这个孩子总算健康地存活下来。可是因为营养跟不上，姐姐奶水不足，又没有买奶粉的钱，孩子饿得直哭。没办法，姐姐用开水泡了一大碗猪油，捏着鼻子，逼着自己喝了下去，用这种办法补充奶源。

要过年了，可是他们手里只有几十块钱，我去看姐姐的时候，实在看不过去，塞给姐姐200块钱："总要买点肉吧，别垮了自己的身体。”姐姐含着泪说：“好弟弟，姐记着你的好。”

我掉了泪。从小到大，都是姐姐照顾我，我哪里为姐姐做过一点事情啊。小时候，睡觉的时候习惯握着姐姐的手。因为总是梦见被一只大黑狗追咬，在梦里会被惊出一身冷汗来。如果握着姐姐的手，就不怕了。

那时，母亲去做临时工，我还小，就得姐姐照顾我。每天把我背在后背上，像个小大人似的给我唱摇篮曲，姐姐的后背温暖极了，我总是迷迷糊糊地就睡着了。在姐姐的后背上，从来没有可怕的梦。相反，总能梦见斑斓的夜空，各种不同的美丽的飞行物在上面慢慢飞行，飞得很低，伸手就能够到的样子。

不管吃的用的，姐姐都会让着我。苹果，我吃个儿大的，她吃小的；糖，我吃软的，她吃硬的；冰棒，我吃奶油的，她吃冰的；钢笔，我用新的，她用我用过的；作业本，我用正面，她用背面……

其实真正该记得的，是姐姐的好啊！

如果姐夫能循规蹈矩，好好和姐过日子，尽管贫穷，也算完美了，可他偏不。原本我们以为他仅仅外表是丑陋的，现在看来，他的心也是污秽不堪的。

在一个偶然的机会，他通过熟人倒卖了几车木头，从此做上这个有些投机味道的生意。运气好，让他挣到了很多钱，从此翻身做了有钱人。急速之间富起来的他，花花肠子也冒了出来，买了楼、买了车，每天出去花天酒地，和“吧台女”厮混，最后，一个意在骗他钱财的“吧台女”竟然提出要和他结婚，让他和姐姐离婚。

他竟然鬼使神差般去和姐姐办了离婚手续，姐姐伤心难过，舍不得孩子，可是她没有工作，无力养这个孩子。只好一个人寄居在父母家，无比哀怨。

所有人都为姐姐抱不平，说她傻，把楼房让给别人，只有她，淡淡地说："他还要养孩子，楼就让他们去住吧。"

我的傻姐姐，至始至终，你对他的，都不是爱，只是慈悲。为了这慈悲，你忍受了多少屈辱和痛苦。

好心人来劝，让姐姐另寻良婿，开始新生活。姐姐却一再推却，不再相信男人，只相信手中的佛珠。

她信了佛，每日里不停地闭目诵经，红尘中的一切，似乎都渐渐离她远去。

秋夜微凉，我却执意打开了窗子。我想把月亮邀进屋里，向它打听姐姐的消息。

"姐姐，今夜，我不关心人类，我只想你。"

当蝴蝶恋上蜘蛛的床

那是个炎热的夏天，蝴蝶在万紫千红中翩翩起舞。她累了，但她不忍休息，她要在有限的生命里，亲近更多的花瓣，采撷更多的芬芳。

疲倦的蝴蝶，在空气中微微地喘息。

蜘蛛看见了，对她说，何必那么疲于奔命呢，歇一会儿吧。

不行啊，我的生命只属于花朵，我活着，就是要不停地从这朵花飞向那朵花。蝴蝶气喘吁吁地说。

你看你自己多美丽啊，你本身就是一朵最美丽的花，可你看这漫山遍野的花，哪一个像你那样，不停息地飞？

它们不能飞，是因为没有翅膀啊。蝴蝶仍在为自己辩解。

是啊，你是有翅膀的花朵，你是能飞翔的花朵，可是你不该属于天空，你应该属于一个惬意的枝头，一张舒适的床，让一双爱你的眼睛，不停地注视你，为你梳理你的梦，让一双爱你的手，不停地呵护你，为你采摘芬芳，那才是你该有的生活。

可是到哪里找那样一双眼睛啊？到哪里找那样一双手呢？蝴蝶开始有些心动。

远在天边，近在眼前啊。丑陋的蜘蛛狡黠地笑着，他并不隐讳自己的爱。

蝴蝶终于停歇下来。蜘蛛一边为她擦拭着汗水，一边对她说，瞧你累的，让我为你编织一张床吧，你好好休息一下。

蝴蝶从来没有如此被疼过，被爱过，她不知道，爱是如此让人心旷神怡。

看着蜘蛛在那里忙得满头大汗，她竟然感动得流出眼泪。

她想，在那么热的天气，为了她，他受了很多苦啊。她想，能被他爱着，是一件多么愉快的事情啊。

蜘蛛编织完他的床，对蝴蝶说，来我的床上休息吧，它会让你享受阴凉，很舒服。

蝴蝶终于被他的甜言蜜语所感动，她说，好吧，我就在你的床上做一个美丽的梦。蝴蝶收起她的翅膀，慢慢爬到蜘蛛为她编织的床上。

蝴蝶的梦还没有醒，蜘蛛便原形毕露了。蝴蝶想逃脱，却早已无能为力。那张床像生出了无数双手一样，紧紧地抓住她，任凭她怎样挣扎，也无济于事。

甜言蜜语是让人愉悦的，但它有时候也会是一张网，让你无力挣脱。

无节制的贪婪，爱慕虚荣，过于注重感官享受……这些从生命之树上分离出去的枝丫，都是蜘蛛的床。

蝴蝶只知道蜘蛛有一张床，很舒适，但她不知道，一旦她沉湎其中，就会逐渐丧失自己的意志，躺下了，就无法再起来。

当花朵有了翅膀

蝴蝶是会飞的花朵，花朵是沉睡的蝴蝶。

花朵有了梦想，就成了蝴蝶；蝴蝶有了睡意，就成了花朵。

花朵，心有七巧，蝴蝶，翅生两瓣。这对好姐妹，早已结为前世今生的知己。

花朵羡慕蝴蝶的飞翔，蝴蝶又何尝不羡慕花朵的宁静呢？

谁能分清她们，谁能将她们的灵魂隔阻？

当赞叹的声音从曼妙的樱唇滑落，一双纤纤玉手却不由自主地将她们折下，然后对着她们的脸庞，满脸陶醉地嗅来嗅去。

花朵不能理解人类的爱意。

当抒情的诗句排列成行，平平仄仄地向她们涌来的时候，蝴蝶还没来得及吟诵，厚厚的玻璃便将她们压成一张张色彩斑斓的纸片。

蝴蝶不能理解人类的诗意。

人类充满爱意，却折断了花朵的翅膀。人类充满诗意，却吵醒了蝴蝶的睡眠。

有谁知道，那翅膀里藏着多少，花朵夭亡的梦想；

有谁知道，那睡眠里藏着多少，蝴蝶哀怨的叹息。

道歉是一种礼物

搬到新楼的时候，孩子刚刚蹒跚学步，淘气得很。每天在地板上咣当作响，惹得楼下的邻居气哼哼地跑来理论了好几次。也是，孩子睡觉没规律，说不定什么时候就醒了，有时候赶上人家睡得正香，她一个悠悠球“啪”，扔地上了，又一个小汽车“咣”，撇地上了，再一个翻身“咚”，自个儿掉地上了，接着就是号啕大哭，换谁谁都得抓狂。

我和妻子商量，得主动去楼下给人家赔个不是。我们拎着水果，抱着孩子，去了楼下的邻居家道歉。邻居家干净得很。一尘不染的，这孩子，也不认生，放下就开始欢儿起来，害得我马不停蹄地护着这儿护着那儿的，免得小家伙儿弄坏了人家的物件。

那两口子对孩子似乎很喜欢，一个劲儿抱起来，亲来亲去，孩子也乖巧得直往他们怀里扑。那两口子一个劲儿地嚷嚷：太好玩儿了，怎么可以这么可爱啊？并请求我们，一定要经常带孩子去他们家玩儿，我们自是十分乐意地应承了下来。

孩子又在一个不合时宜的时间醒了，又开始继续她叮当作响的“恶行”。敲门声又响起来，我和妻子揣测着：完了，楼下又来找了。果不其然，那两口子在门口，却是满脸堆着笑，这让我们倒是很诧异。我们连声说着对不起，他们却说是来看孩子的。

原来，他们今天晚上下班后，特别想看看孩子，可是一直听不到孩子淘气的声响，断定我们不在家或者是孩子睡着了。刚才，终于等到孩子摔东西的声音，所以就上来了。

“她一天到晚叮当作响的，你们不烦啊？”我好奇地问。

“最开始烦，可是不知道为什么，自从你们抱孩子去了我家之后，就再也不烦了。甚至，她冷不丁老实起来了，我们还有点不习惯呢！”

为什么？就因为他们喜欢上了我们的孩子。因为喜欢，所以能够容忍她所做的一切。

“她是你们给我们带来的礼物。”那两口子说。

是啊，没有那次主动的道歉，也就不会让他们感受到这是一份礼物。所以，感谢那次道歉，道歉也是一种礼物！

当生活粘住你的时候

二十一岁的那个夏天，我一个人去澎湖旅游。为了体验一下渔民的生活，我在那个傍晚跟随一户渔民到海里去捕鱼，那一次，我们是去捉小鱿鱼，捉小鱿鱼要用一个网，中间放一个灯叫作“聚鱼灯”，放下去后小鱿鱼就会游来；每撒一次网大概要五十分钟的时间，撒下后就等着小鱿鱼游进网里。等了很久，等得我快睡着了的时候，时间到了，当我们把网拉上来一看，差点昏倒，那里面只有三只小鱿鱼。等了五十分钟怎么才捉到三只小鱿鱼？渔民的生活真是太辛苦了！当时我心里就觉得很难过，可是那个渔民却开心地说：“哇！这三只配烧酒刚刚好。”他的太太也热情地应和着：“待会儿我给你们烤着吃，尝尝鲜。”

又下了一次网，五十分钟以后再捞上来，一看，五只，那个晚上撒了无数次的网，渔民、他的太太和我三个人工作了一个晚上，捉到的小鱿鱼却屈指可数。这样辛苦的生活让我很是感慨！可是那个渔民安慰我说：“不是每天都这样子的，因为每一次下网，你都不会知道网拉上来时会有多少只小鱿鱼。”他也曾经有下一次网就捞起五百多斤小鱿鱼的纪录，啊！这个时候就是丰收。

他说，他在捕鱼的时候遇到过很多风浪，最惨的一次，风浪把他的渔船打翻，毁了他半辈子营生的家什，可是生活还得继续，一切又要重新开始，他能做的，就是节衣缩食，再做一条渔船，接着去打鱼。

我和那位善良好客的渔民喝着小烧酒，那位太太为我们烤着小鱿鱼。借着酒劲，渔民扯开嗓子，竟然唱起了日本的《拉网小调》，那样子很是滑稽，却也显得很是真诚。

看着他们日子虽然过得凄苦，但夫妻俩相敬如宾，倒也算其乐融融。太太的性格似乎很好，毫无怨言地跟着他守着清贫的日子。我问起他们的孩子在哪里？他们骄傲地说在大城市里念着大学，也正因为如此，他们相信好日子马上就要来到了。

那一夜，我们聊得兴起。当问起他最初的梦想时，他的回答着实令我吃惊不小。“画家，”他说，“我的梦想是当个画家。”

这简直是天壤之别，渔民和画家，这怎么靠得上边儿呢？

“我没别的本事，可我得养家糊口，还得供孩子上大学。”他说，“有时候生活就是这样，它粘上你的时候，你所有的梦想就只能被抛下了。”

是啊，当乱无头绪的生活粘上了你，梦想就只有靠边站的份儿了。

雷蒙德·卡佛写过一篇小说：《所有的东西都粘在了他身上》，我特别喜欢。文中写了一对年轻夫妇，他想去钓鱼，夜里孩子病了。两个人拌了嘴，他留下，和好。这是很久以前的事了……因为故事的叙述者是一个老人，当年的孩子长成了一个时髦苗条的姑娘。回忆似乎是平静而温情的，但卡佛对生活有严重的焦虑感：再没有自由了，当有了女人，又有孩子，所有的东西都粘上来……但他又不能抛弃生活本身。那就做一个生活的失败者吧。“事情在变，”他说，“我不知道它们是怎么变的。但总是在不知不觉中，也不按照你的愿望来变。”

每个人的生活都会经历一些风云莫测的变故，变故终会使人成熟。我们的生平若是一只瓷碗，变故就是那一个个缺口。若一只碗曾经恬静于自己的完满，打下几个口子之后，这瓷碗也不得不失衡于残缺处的遗憾。遗憾之余，碗依旧是碗，照例要盛装日月山河，朗朗乾坤。

我再没去过澎湖，也不知道那对渔民夫妇现在过得怎么样了。但有一点让我坚信，那就是再苦的生活也不会将他们击倒，乐观是他们保持健康的良药。

还没来得及起飞，生活就已经变成了各种东西，牢牢地粘在你身上，让你动弹不得，只能像一个被翻过身来戏弄的甲虫一样慌张地动弹着六条腿……等你好不容易翻过来，下一次戏弄又莫名其妙地来到。

但这就是生活，正如雷蒙德·卡佛和我见到的那对渔民夫妇，再糟糕，你也不能将它抛弃。

让生活粘上来吧！

大暑

大暑是姐姐，花枝招展、水性杨花。一只麻雀衔来的一粒稻谷，一只蟋蟀哼出的一首口水歌，都会轻而易举，打开她的花蕊。

——大暑

爱是一座叹息的桥

人说，在对的时间，遇到对的人，是一生幸福；在对的时间，遇到错的人，是一场心伤；在错的时间，遇到错的人，是一段荒唐；在错的时间，遇到对的人，是一声叹息。

几个假设当中，最让人梦寐以求的，是在对的时间，遇到对的人，那的确是一生的幸福。然而被幸运的苹果砸到脑袋的人毕竟是少数，退而求其次，我只能奢望在错的时间，遇到对的人。因为最美丽的，始终是那声叹息。

我的一个女性朋友，爱上一个名声日隆的作家，一个有妇之夫。那注定是一场要被拦腰斩断的激情，作家妻子的泼辣凶悍，文联大院里的流言蜚语，孩子的以死相胁，父母的苦口婆心……在这团激情之火尚未熊熊燃烧之前，早已有无数双手在那里蠢蠢欲动，捉住那跳动的火焰，把玩、戏弄，然后将它掐灭。尽管被掐灭的火焰偃旗息鼓，沉寂了一段日子之后，又慢慢地疗好了伤口，死灰复燃，但终究还是逃不过另一场瓢泼的大雨。最后，两个相爱的人，只能成为两根湿淋淋的木头，再没有了一丁点燃烧的欲望。

也许，他们都或多或少地预见了那样的结局，从开始到现在，他们都不可避免地一步步向那样的结局走去，尽管他们都希望能逃脱它的到来，可是，除了它，他们无法选择，甚至无法渴望能有其他更好的可能。茫然中，他们抓不住那虚无的缥缈，只有现实，它残酷得让人清醒。

他们都疲倦了，他们都不会再有力气在这条不归路上走下去了。

他们会慢慢地在滚滚红尘中，在汹涌的人潮里，在生活的压力下，逐渐失去对方的体温。

他们疲惫而落拓地挣扎了出来，然后，他们变成了一声叹息。像落叶在空中的旋转，像蜻蜓在水面的顾影自怜，像芭蕉叶上的那滴雨。那样深邃，那样无奈，那样沧海桑田的一声叹息。

威尼斯有一座叹息桥，通往一座监狱。当囚犯经过那座桥走向监狱时，都会触景生情，为自己的前途叹息。据说有个男人被判了刑，走过这座桥。“看最后一眼吧！”狱卒说，并让那个男人在窗前停下。窗棂雕得很精致，是由许多八瓣菊花组合的。男人攀着窗棂俯视，见到一条窄窄长长的小船，正驶过桥下，船头上坐着一男一女，在拥吻。那女子竟是他的爱人。男人疯狂地撞向花窗，窗子是用厚厚的大理石造的，没有撞坏，只留下一摊血和一个愤怒的尸体。

每个人的情感历程都仿佛是在经过一座叹息桥，陆游和唐琬、徐志摩和陆小曼、魂断蓝桥、廊桥遗梦……无数伤感的故事，最后，都会成为飘散在风中的一声叹息。

所以，我的爱人啊，当某一天，透过眼睛我再不能向你传达任何讯息，通过指尖也无法让你感受丝毫爱意，我们像两个固执的、冰冷的、陌生的人一样把自己禁锢在自己的世界里，我们失去了对方。或有一天，我们中的某一个行将死去，我们再也牵不到对方的手，听不到对方的呼吸，那么我们现在是否更愿意把对方抱紧一点？我们还会为了曾经的谨慎、怯懦、争吵和怨怼而后悔吗？

也许会吧，但终究还是逃不过那一声叹息。因为这尘俗让人放不下的东西太多。

纵观尘世，能有几个人在临终前，会无比释怀地微笑着闭上双眸？相反，我们看到更多的是那些哀怨的眼神，望着那一张张他挚爱的人的脸孔。那目光仍在探寻、游离，那目光在寻找那个没有为他送行的人。

终究还是没有寻到，终究还是免不了那一声叹息：

唉！这让人迷惑又无法抗拒的尘俗啊！

不能拒绝的礼物

哥去外地做生意，结果赔得很惨。回来的时候，他的口袋里只剩下几元钱。

失败好像并没有击垮哥，他笑着对我们说：这次就当是花钱买经验了，下次保证连本带利地挣回来。

吃过晚饭，哥从他的提包里神秘地掏出一样样东西来，他说好不容易出一趟门，总要给我们带点东西回来。他省下了几顿饭钱，给我们每个人都带回了一件便宜的礼物。

他给父亲的礼物是一个剃须刀，给母亲的礼物是一双柔软的拖鞋，给嫂子的礼物是一块丝巾，给孩子的礼物是一本童话书，而我，他唯一的弟弟，得到的礼物是他从几千里以外带回来的一瓶清凉油。

哥说，出门在外总是想家，晚上睡不着觉的时候就想我们。想到爸爸每次刮胡子都用他的小剪子，不光费劲还刮不干净；想到妈妈有腰疼的毛病，不能着凉；想到春天风大，妻子天天骑车上班，容易迷眼睛；想到孩子愿意听故事，可是做父亲的常年在外面忙碌，没有时间照顾孩子，更别说给孩子讲故事了；想到我快要高考了，每天要熬夜看书……

哥多么细心啊，那些礼物虽然都是便宜的日常用品，随处都可以买得到，但是哥送给我们的不一样，因为每件礼物都印上了亲情的标签。

哥虽然失败着回来，但在我的眼里，他是一个凯旋的英雄。

有一天，女儿缠着我和她玩打赌的游戏，她问我跟踪的踪是卷舌音还是平舌音，我认定是卷舌音，她却一口咬定是平舌音。

在查字典的时候，我知道了“踪”字是平舌音。

女儿嚷嚷着：“爸爸输了，爸爸要给我一元钱。”当时我就发火了，小小年纪怎么学会赌钱了。

女儿很委屈，她说今天是父亲节，想自己挣钱，为我买个礼物。

我紧紧拥住了我的女儿，我告诉她，她已经给了我一个最好的礼物。

逢年过节，会收到成批成批千篇一律的短信，我会随手就删掉。但有一些自己写的原创的短信，虽然文采不是很好，也不讲求韵脚，但我总是不舍得删掉。这是一份真诚。就像我曾经收到过的一份独一无二的礼物：一个朋友用小楷抄写我的文章，然后工工整整地为我装订成厚厚的一本手抄本的作品集！

塔莎·杜朵说：“亲手做的礼物，相当于一次送两份礼。一份是亲手做礼物的诚意，一份则是礼物本身。”

结婚、过生日、一个个值得纪念的日子、圣诞老人、网络里的大礼包，不管是在现实中还是虚拟社会里，我们每天都在接收大量的礼物，当然，这些礼物有真诚的，也有藏着心计的，还有的，可能隐藏着病毒。但不管怎么样，礼物总会让人快乐。其实，在这个世界上，给陌生人一个真诚的微笑，给美丽的女孩一句赞美，给母亲端一盆洗脚水，跟父亲下一盘棋，扶着盲人过一次马路，给远行的人一声祝福……都是人生珍贵的礼物。是你给世界的，也是世界给你的。

这些礼物，你要欣然给予，更要坦然接受，因为这些礼物，你永远不能拒绝。

巴赫的黑色手套

黑夜来了，巴赫推开窗子，深深地呼吸。

当他的呼吸渐渐与自然的天籁融为一体的时候，他套上黑色手套，开始创作伟大的《马太》。

很多精灵拍着翅膀，盘旋在他的周围。

而他自己，是凌晨时分最悲伤的一个精灵：歌着、舞着、颤抖着。

他又像一个举着火把在夜里奔跑的孩子，要把平安的消息通知给整个人间。

作为宗教信徒，他的音乐总洋溢着浓烈的宗教情感，音符与音符的出神入化，和声与主题的反复变化，把人的灵魂牵引到永恒的抚慰和安息的境界。整个过程，就是灵魂得以洗涤和超拔的过程，把人的灵魂带离消失的瞬间，并通往天国，最终得以安息。

我躺在音乐的床上，心底泛出眷恋，继而在眼前出现了一个无比空旷又深邃至极的精神世界。浩瀚无边的巴赫，还有那血淋淋背负着十字架的耶稣，仿佛凸现在我的眼前。我畏惧他的浩瀚，恐惧他的伟大。肃然起敬之下，那颗略显浮躁、世俗的心，终于得以平静下来。

而这时候的音乐已经不再是音乐了，不是数字，也不是语言，而是信仰、是情感！

我感觉到他套着黑色手套的手指在颤抖，被春天之水洗净的手指在颤抖，安抚着一颗颗逝去的灵魂，像阳光一样抚摸着逝者的双手和脸颊，柔和的声音仿佛在说：安然无恙，一切都还能回来。

记忆中的众多面孔争相浮现，又急忙躲藏。唯有这平静的抚摸，熄灭了我的怅惘。

巴赫的音乐，是宗教的，是内省式的，它面对的是每个听者的心灵。不像贝多芬的那样气势磅礴，不像勃拉姆斯的深刻甚至艰深，更不像肖邦和舒曼的浪漫甜蜜……但奇怪的是，我总是听不出宗教的意味，而是世俗的温馨和欢乐。它总是如微风细雨般的沉思，总是如涓涓细流，清清地、浅浅地流淌着……稳定、安详、恬静、圣洁的美！

巴赫的黑色手套，是对生命的一种敬畏，让他驾着自己的灵魂逍遥地向澄明的境界飞翔。

巴赫的黑色手套，是对生命的一种祭悼，为那些被脱光了外衣，放在炭火上炙烤的雀鸟；为世界的某个刑场，被蒙上黑布的成排的囚犯；为一只中弹的挣扎着的天鹅；为一只被压在玻璃下面连梦都碎掉的蝴蝶……

如果在世界毁灭之前，让我选择听一张唱片，那么肯定是巴赫的。不管伤口是否会因渴望太深而重新流血，不管逝去的灵魂是否会因为安抚而早日步上天堂的台阶。

与千千万万个生命融为一体，巴赫寻找到音乐的真谛，寻找到可以让生命不朽的真谛。黑色手套，它神圣，它不允许阴谋和欲望流经它的花园；它美好，让人想起举行婚礼的一对恋人，将双手虔诚地放到《福音》书上，许下他们生生世世永不离弃的诺言。

当我灰心的时候，常常听贝多芬，因为他的音乐会给我鼓励，比起这位命运多舛的乐圣来，眼前的这点困难实在不算什么；当我徘徊的时候，常常听勃拉姆斯，他的音乐让人警醒、给人启迪；当我难过的时候，常常听莫扎特，他的音乐永远给人最好的抚慰，即使是在《安魂曲》中，也透出希望的味道……但是，我从来不知道什么时候应该专门听巴赫，什么时候不适合听巴赫。当我高兴的时候，听到的是欢乐的巴赫；难过的时候，听到的是痛苦的巴赫；愁闷的时候，听到的是忧郁的巴赫；寂寞的时候，听到的是孤独的巴赫……

巴赫，只为你的心灵而生。

这个夜里，我打开音响，再一次让《马太》流淌出来。夜像一件大衣，整个地裹住我。我坐下来，套上巴赫从梦境中递给我的黑色手套，庄重地梳理那些逝去的光阴。那些或忧伤或欢乐的过往，那些或热爱或憎恨我的人，我要把它们一一装进信封，为它们寻找一个个不同的温暖的住址，盖上阳光的邮戳，在春天来临之前，邮寄出去。

把良心的袋子装满

父亲常说，只要人帮人，世界上就没有穷人。

父亲不舍得花钱，是村里有名的“抠王”，可是对那些需要帮助的人，他从不含糊。哪怕他自己不吃不喝，也要尽量去帮助。记得有一次，他把自己的路费给了一个被小偷洗劫一空的老人，自己步行四十里路回家。不知情的乡邻以为父亲又是为了节约路费，“抠王”的名号在村里越发叫得响亮了。

父亲没想到，有一天自己也成了小偷光顾的对象。那一次正是春播时节，父亲和几个乡邻去城里买种子，买完种子后，父亲的兜里还剩下100多块钱，他没花，连午饭都没舍得吃，就和几个乡邻急匆匆地坐上了回乡下的客车。大概是买票的时候，被人瞄上了他兜里的那张百元的票子，再翻口袋的时候，那张百元的票子就不翼而飞了。在那个年代，一百块钱不是个小数目，可以买很多东西呢，父亲急得满头大汗，在翻遍所有的口袋，确定钱丢了之后，父亲感到眼前一黑，差点儿晕倒过去。车上人很多，父亲看着满车厢的人，感觉每一个都像是偷钱的人。

父亲正在心里痛骂自己粗心大意的时候，听到了车下一个女人声嘶力竭地尖叫：“我的种子丢了，你们谁看到我的种子了，那可是我家里一年的种子啊……”

那个丢了种子的女人在那里不停地抽泣，她说她把种子放在站点，自己去解了个手，就这一小会儿工夫，种子咋就没影了呢。她说她家死了男人，里里外外全靠她一个人支撑着，她命苦啊。她呼天抢地，车里人都纷纷对这个丢了种子的人表示同情，纷纷谴责那个偷种子的缺德的人，他断了穷人家的活路。

不管咋的，先上车再说吧。父亲劝她，忘了自己也是个遭遇了盗贼的人。

父亲向同来的乡邻要了个空袋子，放到那个女人手里。他解开自己的袋子，一捧一捧地往那个素昧平生的人的空袋子里装种子，一边捧一边说，你少种点，我也少种点，日子总能挺过来的。与父亲同来的乡邻，看到父亲的所作所为，也都纷纷打开袋子，往那个人的空袋子里捧种子，不一会儿，那个空袋子就鼓了起来，仿佛吃饱饭的人，振作了精神。那女人不知道说什么好，一个劲儿地要给父亲和乡邻磕头，父亲说，谁还没有个难处，都帮一把，就挺过去了。

满车厢的人目睹着父亲的小小善举，却不知道父亲的心灵刚刚经历的创痛。父亲也自始至终没有向人说出自己的钱被偷了。

下车的时候，人很挤。他感觉被人紧紧地贴了一下身子。父亲再一次翻口袋的时候，发现那张百元票子又回到了他的口袋里。就是他自己的那张，他认得，皱皱巴巴的，那上面还有他的体温呢。

望着从车上下来的一个个人，父亲看谁都不再像是小偷。

这个世界上，每一颗良心都是一粒善良的种子，或许你没有财富，无法做慈善，但你可以去做一粒善良的种子，把爱孕育，让爱开花。这些种子会让世界阳光明媚，花团锦簇。

半点荧光

因为一场大风吹断电线，很久不曾停过电的城市经历了一次短暂的黑暗。我在黑暗中摸索着，找到了一只打火机，点着了不久前为孩子买的生日蛋糕上剩下的几只小蜡烛，那荧荧的火光像萤火虫一样气若游丝，却令我不再那么慌乱。忽然就想起祖母来。

祖母的一生就像一根火柴，不断地为我们储藏着热情和温暖。火柴，小小的木头，把最炽烈的光，藏在最不为人知的暗处。初嫁时，头戴红纱，身材短小，为挥锄的男人烧水煮饭，为灯下的孩子穿针引线；老的时候，光焰散尽，头顶的红纱早已变成灰色的头巾，她再也燃不起火来。

小时候经常停电，停了电祖母就会点燃一盏煤油灯。灯芯长了的时候，屋子就会亮一些。我们在墙上的影子也更清晰一些，我们喜欢这个时候，也更乐于让手掌变幻出老鹰和小兔子的模样，在墙上飞翔或者奔跑。可是祖母往往会在这个时候拿起剪刀，把放纵得有些得意忘形的灯芯拦腰剪掉一半，剩下微弱的一半光亮，苟延残喘。我们的老鹰和小兔子也不再飞翔和奔跑了，我们钻进冷冷的被窝，眨着黑亮亮的眼睛，看着祖母在那半点荧光下，纳着似乎永远也纳不完的鞋底。我们想，那样的鞋子肯定命硬，穿着那样的鞋子，就算再黑的夜，再难走的路，也总能爬回家的吧。

祖母的半点荧光，长在故乡的中心，是故乡的灯芯。不管我们走多远，都不会忘了回家的路。

看过这样一个故事：抗日战争时期，日本兵逮捕了我党的一名地下工作者。他被俘后，受尽了日本兵的严刑拷打。但是日本兵为了套出他口中的机密，又不让他死，把他的两条腿绑住，两只手绑住，甚至把他的两个大拇指绑住，防止他自杀。他每天就在酷刑和审问中度过，但是看守他的日本兵发现，他竟然每天早晨都坚持做操，由于伤腿他不能站起来，就那样躺在床板上，嘴里喊着号令，扭动着腰肢，活动着胳膊，在被日本兵关押的一年当中，天天如此，等到日本投降的时候，他竟然奇迹般地还活着。

残忍的酷刑差一点点掐灭他的生命之火，但他依靠心中的信念，顽强地留住了生命的半点荧光。荧光虽半点，却可以暖一副躯壳于冰窖，救一颗心魂于地狱。

犹太人的经典《塔木德》里有一句话：人的眼睛是由黑、白两部分组成的，可是神为什么要让人只能通过黑的部分去看东西呢？因为人生必须透过黑暗，才能看到光明。

是啊，黑暗并不可怕，只要心中亮着哪怕半点荧光。

读阎连科的小说《年月日》的时候，脑海中也闪闪烁烁地浮现着半点荧光。

先爷是整个村落留下来的唯一的一个人，他活着的唯一目的，就是守护一株玉米苗。那是他的半点荧光，他的全部的希望。无粮，他把老鼠洞里的存粮刨出来；无水，他把井里的水用褥子浸湿拧出来。直到老鼠洞里再刨不出一粒米，仅有的水井也被死老鼠填满。先爷到处捉老鼠当吃食，到四十里开外去寻水，与狼群展开一夜的对峙并最终令狼群退去。当他发现玉米苗亟须肥料的滋养时，他毅然决然地以自己的身躯为它充当肥料。最终，他的尸体与玉米的根须紧紧地相拥而眠，玉米的根须穿透了他的皮肉和骨髓，吸吮了他的养料而存活下来，并最终结成了玉米棒子，上面有七颗成熟的玉米籽。

那七颗宝贵的玉米种子，也便成了村人们的半点荧光，给了他们得以继续活下去的希望。先爷通过那七颗种子，传递给村人们一个信念："能活着就好！"

能活着就好。活着就会上演奇迹。

只要还有一片鹰的羽毛，便不该对飞翔感到为难；

只要还能见到一滴露水，便不该抛弃对叶子的爱恋；

只要还有一根火柴，便不该失去对光明的渴念；

只要还有半点萤火，便不该有半点厌世弃世之心！

被典当的青春

人到中年，总是忍不住回过头去，想看看身后青春的靓影，可是遍寻不见，只有一串歪歪扭扭但总算没有跑偏的脚印。

青春，终是离我远去了。所幸，那青春里散发的青草的味道，还在。

最远的青春是童年。

小伙伴用三五颗糖果，换了我一本小人书。糖果吃没了，小人书不见了。我又用三五颗糖果，把它换了回来。小人书看过很多遍了，可还是舍不得把它放到别人那里，还是喜欢放在自己的枕头下面。

喜欢将丢弃的圆珠笔芯放到水里，水面荡漾起一圈彩色的涟漪，那是把蓝色剥离后的颜色，是阳光的颜色。没有人在意这小小的污染，只当那是一个孩子，色彩斑斓的心。

讨厌一个人，会在一面墙上写上他的名字，然后写几句咒骂的话。过几天，两个小伙伴和好如初，又偷偷地跑来，把那个名字涂掉，换成另一个人的名字。直到我们渐渐辨别了是非，渐渐地长大。

现在，还会有小人书那样喜欢的东西吗？一本书，怕是翻了几页就迫不及待地扔到一边去了吧；现在，讨厌一个人，怕是一辈子不会再喜欢得起来了。刻满刀痕的木门涂上油漆，就可以蒙混过关，照样卖个好价钱，可是人心的裂缝，要涂上什么，才能让它显得完好无损呢？

最疼的青春是爱情。

青春年少，不懂珍惜。你在，我就与你牵手，一刻都不想松开，一副离开你就无法活下去的模样。可是和你分开，我却也不伤感，我给自己的安慰是，这样可以独享思念的芬芳。

春天有多少伤口都不怕，因为坚信，在夏天会找到一块块补丁。

吵架拌嘴就像夏天的麻雀一样必不可少，不管不顾地在纯洁的爱情里泼谎言的脏水，就像在雪白的墙上钉钉子，你是心疼那钉子，还是心疼那无辜的白？

爱情其实只是一颗不知道名字的果，被涂上了红晕。看着诱人，但只有吃下去才知道里面是酸还是甜。而所谓的婚姻，不过是风花雪月正在凋零，柴米油盐长势日盛。

现在才知道，生活，不都是光洁如新的，也有生锈的一面。

那个时候不知道为什么，一看见别人弹琴，就有一种莫名的冲动和兴奋涌上心头，甚至流淌出一股流泪的喜悦和感动，于是我也去买了吉他，购了曲谱，一切准备就绪，感动和眼泪却没有水到渠成地涌来。人，总是习惯旁观的啊。

这并不妨碍我爱一切唱歌的人。爱一切从我窗前，借我的窗玻璃拢一拢头发，展露笑容的人。尽管，我已是一个靠回忆才能触摸到青春额头的人。

青春里习惯了挥霍，因为一切都还可以重新来过。所以，肆无忌惮地绽开，恬不知耻地怒放。曾经的青春，被我典当给了谎言、烈酒、霓虹、八卦……我把大把的热情都赋予了青春，它却只给我打了一张白条，多少年过去了，时光依旧死乞白赖，不肯还债。

现在，我把青春典当给了回忆，什么时候，我还能赎它回家？

奔跑的花香

因为工作关系，我在单位附近临时租了一间房子，房子虽简陋，却不乏雅致，窗台上摆满了各种各样的鲜花。想必房东是个爱花之人，只是不知什么原因，房子空得太久，花也很久没人照应了，一个个颓丧地耷拉着脑袋，对阳光不理不睬，对新来的主人不理不睬。我对花草无甚兴致，就想把它们全都清除掉，妻子阻挠说："这里环境不好，养几盆花能让空气清新一些。"

妻是个喜花爱草的人，弄了些松软的肥土，把花们挨个地移植到新的环境中去，在她的精心侍弄下，奄奄一息的花儿们渐渐抖擞起精神来。

我对此颇为不屑，心想没必要替别人养着这些花，妻不同意这种看法，她说倒是应该感谢房东留下的这些花，让她有了一份好心情。不管我如何冷言冷语，妻照常我行我素。每天睁开眼睛的第一件事就是去给花们洗脸、梳妆打扮，乐此不疲。

妻要出门几天，临走的时候特意叮嘱我一定要照看好那些花，而且每天晚上给我打电话时都要问上两句譬如"给花浇水了吗""有没有花开"之类的话，听得两耳都生出了茧子。然而妻子有命不得不从，只好从宝贵的业余时间里挤出一点儿来照看那些花。可是它们实在太娇弱了，有一盆叫不上名字的花又开始萎靡不振，耷拉着脑袋，对我不理不睬，对阳光不理不睬了。我怕妻怪罪，就偷偷地将它扔进了垃圾堆。

妻回来，看见她的花个个精神饱满、意气风发的样子，便用甜言蜜语奖赏我，几秒钟后妻发现少了一盆花，便扯着嗓子喊道："那盆兰草哪去了？"

我想撒谎说送人了，可是妻的眼睛咄咄逼人。我像一个做了错事的孩子，不敢看她的眼睛。

妻在垃圾堆里找到了那盆花，令人惊讶的是，那盆花不但没死，而且开出了极灿烂的小花。妻小心翼翼地在垃圾堆里扒来扒去，万幸的是，它竟然完好无损地在我们面前绽放着笑脸。

"我以为……"我吞吞吐吐地说，"它活不成了。"

"有心栽花花不活，"妻忽发感慨，"人还有打蔫的时候，何况是花？它叫兰草，生命力强着呢，你看，就算在垃圾堆里，它一样能开出灿烂的花来！"

原来这就是兰草，我有些莫名地感动起来。我想到了妻。

妻是个环卫工人，每天早晨天还没亮就去扫那条又长又宽的大街。我曾想过托关系给她调换个工作，她不肯。"习惯了，"妻总说，"看着自己把大街扫得干干净净，这心也跟着干净、宽敞了。"我拗不过她，只好作罢。现在想想，妻不就是那盆兰草吗？平凡而普通，却静静地散发着属于自己的芳香。

我有些喜欢那些花了。现在我知道了它们的名字，知道了它们的喜怒哀乐，仙人球、仙人剑喜旱，阳光充足之地便是它们的天堂。绣球、蝴蝶梅、刺玫和灯笼则习性平和，那些犄角旮旯就成了它们的"五星级宾馆"。我和妻依着它们的习性，精心呵护着它们。因为这些鲜花，我们的窗台充满了生机。蜜蜂们禁不住花香的诱惑，流着口水成群结队地赶来，多情的蝴蝶也一双一对地翩然而至……

现在想想，养花还是有些好处的。在生活里放上几盆鲜花，阳光就会永远眷恋而又缠绵；在婚姻里放上几盆鲜花，会让爱情永远芳香怡人。这个城市的公园化建设正迅速地展开并且深入人心，在市中心，在公路两边，我们随处可以闻到花的芳香，随处可以目睹花的绽放，在忙忙碌碌的尘世，在奔跑的街道，这未尝不是一种慰藉，一种止住灵魂疼痛的摩挲？

因为工作关系，我们又要搬走了。临走，细心的妻找来一块木板立在花前，在上面写下：请照看好这些花！

我想，不管是谁接着住进来，都该好好地呵护这些花。美是属于所有人的，也需要所有人来呵护。有时，一支玫瑰会拯救一场爱情；有时，一束康乃馨会安慰母亲苍老的心。

似乎是为了感激我们这些日子对它们的厚爱，就在我们搬家的那天早晨，那盆月季开出了两朵花，白色的那朵像沉睡的雪，红色的那朵像燃烧的火，我轻轻地捧着，嗅来嗅去。被妻看见了，她取笑我，说我现在的样子简直是个花痴。

不被占据的心是快乐的

人心，说大就大，说小就小。大的时候，浩如大海，小的时候，一瓣红，一片白，都可以将它塞得满满的。

早晨从二楼的阳台上摘下两朵小小的丝瓜花，突然想，千百年来，一朵丝瓜花的黄和它的简单都未曾变化吧，不知在那娇弱的心中，是否也暗藏着一种信仰，年复一年，为着人所不知的欢乐，次第盛开？

一个路人路过一朵小野花身边，忍不住蹲下来，仔细瞧了起来。

“你是一朵多么柔和的小野花啊，你应该去经历社会，体验生命在尘世中的作用！你的心灵有着罕见的清莹，你的眼睛透着宽阔的智慧，你在这同一片土地沉迷了太长时间，你应该从这里离开。你看着你眼前这一片天地，但你不是已经在思想上超越了它们吗？否则你怎么会这般超然不同？”

“可是好心的人哪，你一定弄错了。我超然是因为我本身被赋予了一颗这样的心啊！”

“不，是你错了。我在俗世中的经验是：任何人都不能不通过练达来使自己超然物外的。”

“可是好心的人哪，我毕竟在你们的世界之外。”

“那么你的世界是什么？”

“是自然。”

“那么在你眼中我们的世界是什么？”

“是规则。”

“可是我们的世界很丰富、热闹，充满了狡猾的竞争、危险的游戏、刺激的享乐，你不想去试一试吗？”

“我想我不能。因为你们的世界没有一朵小野花需要眺望的大片自然的土地。而你看到了，我的心那么容易满足，甚至不占有一只小巧的花瓶。”

路人笑了。“那好吧。还给你自由明净的天空。而我还要继续赶路，没办法，我生活在规则里。”

“不，你也可以把规则抛掉，像我一样，做一朵自然里的小野花。”

“可以吗？”

“是的。只要你的心，如我一样，甚至不想去占有一只小巧的花瓶。”

花有花的世界，花有花的言语。蜜蜂采的只是它的蜜，蝴蝶诱惑的只是它的香，它的心，一直都是自由的，没有任何东西可以将它占据。

大家都抱怨复杂，却不愿想自己就是复杂的根源，麻烦都是自找的，只要诚心，就会看见世界简单至极。你需做的只是扔掉目的而已。扔掉目的，就是解开了心上的枷锁。扔掉目的，就是解放了你的心，使它不再被欲念所占据。像那朵花一样，拥有一颗自由自在的心。

不被占据的心，是从生活的温水中解救出来的松了绑的螃蟹。让它在生活没有变成沸水之前，逃之夭夭。

一只鸟的心不被占据，是自由的，会飞得更高；

一个人的心不被占据，是轻盈的，能走得更远。

一颗心不被占据，才能安享无忧无虑的快乐！

不妨吹吹小冷风

不论是电视剧还是畅销书，铺天盖地渲染着爱的轰轰烈烈，看惯了爱的炽热，一旦有一股小冷风穿过，还真是别有一番滋味。

在一个专营“过桥米线”的小店里，我看到一个男人和一个女人。从样貌上看，男人明显比女人年轻。凭感觉，这好像是一对暧昧的网友。

我看到那男人有些拘谨，坐在那里时不时地望向别的地方，有些心不在焉。那女人问他，要不要喝点啤酒，男人点了点头。

女人从钱包里掏了零钱要了瓶啤酒，男人始终没有露出笑脸，大概是嫌女人找了这个过于便宜的地方吃饭吧。但看样子那女人也不是很富有，穿着打扮上也很是普通。大概和他想象中的人大相径庭吧，所以提不起他的兴致来。

两个人闷头吃着，女人时不时地拿餐巾纸去擦那男人的嘴巴，照顾得很周到，男人似乎并不领情，一句谢谢也听不见，好像这一切都是他该领受的。

“吃完饭我们去哪里呢？”女人依旧殷勤地问着。

“随便吧，”男人有些不屑地说，“就你们这小地方，能有什么好玩的去处？”

听到这样的话，再蠢的女人都该能听出话中的含义了吧。这一次见面，大概把之前所有的美好统统打碎了。

看在眼里，颇为那个女人不值。她该是被自己一厢情愿的热情烫伤了吧，皮肤和内心定是针扎似的疼！

而生活中是不是也经常有这样过分的热情？就像一朵过于绚烂、过于搔首弄姿的花，猝然间遇到一股冷风，使她瞬间凋枯。

一个女人爱上了自己的老板，老板也似乎真挚地爱上了她。因为当女人没有特殊的容貌和背景时，感情就会变得相对纯净。就像你会怀疑百元钞票的真伪，但不必怀疑几毛钱的纸票。他们爱得迷乱，爱得纠缠，可是时间还是会介入人类感情的鉴别之中。有一天，老板对女人说："也许我们这样就已经是最好，否则我们双方生活在一起，还会被现实的琐碎和双方家庭遗留下来的问题弄得心力交瘁。"

女人明白，这一句话为他们的爱设置了底线，限定了高度。女人这时已经在男人的帮助下有了自己的生意。他们没有明确什么，只是一些东西自然地淡了下来，心，不知从什么时候起就已经准备好了对结局的承担。奇怪的是，她并不觉得悲凉，反而在这股小冷风里得到了些许解脱和自在。

一年有四季，如果日日酷暑，断是谁也吃不消的。这小冷风就像你温柔乡里的一个冷战，靡靡之音中的一记惊堂木。爱中有冷热，世态亦炎凉，不妨吹吹小冷风，使你的心，得以清醒，懂得辨别。

恩的十字架

我有一个彩迷朋友，中了一百万的大奖。这是个大喜事，可是他却高兴不起来，和我诉苦。他说他的亲戚朋友听说他中了奖，纷纷寻了些苦处来向他借钱，他为人仗义，有求必应，算了一下，已经有一多半的奖金被他“施舍”出去了。按理说亲戚朋友借了他的钱应该会感激他吧，结果却恰恰相反，亲戚们电话不来，朋友们疏于问候，有时候在路上见到都要想办法躲着他。这令他脊背发凉，十分不解，这好人做得咋就像个坏人？

他感慨地说：“人心不足蛇吞象。你借给他一千，他想着一万，你借给他一万，他想着十万。人心啊，真是永远填不满的沟壑！真是应了那句古话：送人一斗米是恩人，送人一石米是仇人啊！”

“或许还有另外一种情况，”我开导他说。“因为你平素里就是个豪爽的人，很多人受过你的恩惠。如今，你一掷千金，更显得豪气干云，可是你想过没有，借你钱的人有可能是个极穷的人，一时半会儿还不上你的钱，受恩小，便还得起，会铭记在心，但如果受恩太重，很难甚至根本还不了，就会内疚，那么就会选择逃避你这个恩人，就容易‘忘恩负义’。”

朋友点头称是，虽然依旧不快，但总算解开了心结。

《红楼梦》里，薛宝钗容貌好，品格好，性情好，样样都好，按理应该有很多朋友，可是，大观园的姐妹们寂寞了倒更愿去黛玉那里玩耍，却从不去宝钗那玩闹。

宝钗无友，一个主要的原因就是宝钗的“帮助别人，不求回报”。宝钗是个热心人，别人有困难她都会出手相助：帮史湘云办螃蟹宴；给黛玉送燕窝；偷偷地将岫烟所当的棉衣拿出来还给她；宝玉挨打后她又带来了治伤的药……她帮助别人实在太多了，却从不求回报，别人也没有机会回报她。所以，时间一长，大家就会对这个热心的好姐姐敬而远之，只是为了不想欠她太多。

世界上最孤独的人，应该是观音菩萨吧。她的“有求必应”，使她成为一座最孤独的山峰；她的“万能之水”，为她自己造了一座与众生隔绝的浩渺的海。

美国政客克里斯·马修斯在他的名著《硬球》中写道，如果你想让一个人记得你，最好的办法不是给予他什么，而是求他帮你一个忙。因为人们都不愿意亏欠于人，所以如果你帮他太多，他会倾向于忘记你，但假若你亏欠于他，那么他会一直记得你。

恩太大，就会如一座山压垮一个人；恩太重，就会如一个巨大的十字架，让灵魂负累。

慈悲之心，是人间大善。但过于慈悲，便有了纵容的嫌疑。于此，施人以恩也需有个度，让那恩成为别人雪中的炭，而非别人心头的十字架。

不要让廉价的火柴轻易将你点燃

人生总有一些让你束手无策的事情，比如，被所谓的爱情冲昏了头脑的朋友，他正在悬崖边上舞蹈，而我们无论怎样的苦口婆心，也无法使其悬崖勒马，转身回头。

朋友是一个有家的人，而且夫妻感情一直不错，儿子也上小学了，乖巧可人。一家人和和美美地过了几年温馨的日子。就在一个月前，他们婚姻的天气骤变，从晴转多云，继而发展成雨夹雪，现在双方就差在一张可以使他们各自掉转船头的协议书上签上各自的大名了。

十年的感情比不过仅仅历经十天的一次艳遇，我们不禁对他们的婚姻扼腕叹息。

如果朋友投入的是一场真正的爱情，我们也不好劝什么了，问题是使他泛起波澜的是一个开歌厅的“小姐”，况且两个人也仅仅是见了两次面而已。并不是我们对那些“小姐”怀有偏见，她们也有爱的权利。只是，我们所见识的这位未免有些让人大跌眼镜，明眼人一眼就可以看出，她是在骗忠厚老实的朋友，可朋友却被她的狐媚迷了心窍，一门心思要和妻子离婚。

我们劝他说，那女人不过是骗你的钱而已，到最后，你什么都丢失了。他却执迷不悟：不可能，她说要和我在一起过日子的，她为我流了那么多眼泪。

盲目的爱情把朋友变成了“一根筋”，什么话都听不进去。我们无力阻止他在感情的湖泊里掉转船头，只好静观其变，眼睁睁看着他们把红色的结婚证变成蓝色的离婚证。从浪漫的红色到忧伤的蓝色，这是失败的婚姻要走的路线，而他握着蓝色的忧伤，竟误以为是握着一张幸福的门票。

事情朝着我们预想的方向发展着，没有一丝一毫的两样。那女人骗了朋友的钱，开始找种种借口疏远朋友了，最后，干脆把歌厅出兑，悄无声息地跑到外地去了。没有人知道她去了哪里。

朋友没有脸面求得妻子的原谅，整日把自己灌醉，用酒精和忏悔聊以度日。

我们无法对朋友的痛苦坐视不理，一个个跑到朋友的妻子那里，充当说客，以求得他们破镜重圆。但每次都是无功而返，朋友渐渐有些绝望，他知道自己必须承受这样的惩罚。

妻子最终还是原谅了他的过错，她说，她也早就知道会有这样的结局，但她必须放他出去，因为人一旦有了燃烧的心，就很难将其扑灭，除非他自己关掉阀门。

在情感上，每个人都是易燃品，但是如果你结了婚，你就应该学会有效控制自己的燃点，不要让那些廉价的火柴轻易将你点燃。

每个男人，都应该为家庭、为道义、为肩上那份不容推卸的责任，有效控制自己的燃点。

不如怜取小清新

阳台上，一抹绿正在慢慢蠕动。我蹑手蹑脚地靠近，指尖儿轻轻地碰触那有些椭圆的小叶子，我猜她一定还没有感觉到我指尖儿的温度，我不敢像那些霸气的阳光，肆意地铺展过来，公开与她调情。我静静地看她，仿佛刚刚从梦中醒来的睡美人，伸着懒腰，伸开手掌，等待时光的尘屑落上去。听着窗外滴答滴答的冰凌化开的水声，安静地数着春天的步子，等待有朝一日舒展自己全部的媚，等待一场盛大的绽放。

与此同时，另一片早衰的小叶子泛着委屈的黄，缩在一角，没人看得见她的黯然神伤。她是被阳光打入冷宫的妃，我甚至听见那些翠生生的绿叶子在嘲笑她不利的流年。

这花草有衰落有繁盛，衰落了的弯弯转转成无限忧伤，繁盛了的蹦蹦跳跳成无限欢喜。悲观的人把忧伤吟哦了一遍又一遍，那浅淡而低落的小叶子此刻便成了谁家窗口弥散开来的哀怨曲子，零落、残败，恍若转瞬即逝的烟花；豁达的人把繁盛留在眉间心田，纵使看见了那些小黄叶子，也会浅浅笑过，说声真好，它们可以去休息了。真好，生命就该这样有生有死。真好，零落成泥碾作尘，等待下一世轮回。

世间万事万物亦是如此。不必强求吧，顺其自然就好。

这是这个早上带给我的小清新，一蓬蓬的暖，一蓬蓬的小欢喜在心上跳，如我走过的半世人生里无数这样喜悦的时光一样。

儿时，总是喜欢跟在母亲后面，捡地上的东西。比如一根没燃尽的鞭炮，比如花花绿绿的糖纸，比如随风飘过来的一只红气球。母亲一边呵斥我，一边用她的口袋，替我装着这些垃圾。她知道，我没有玩具，这些我自己制造出来的小欢喜，她不忍掐灭。

少时，我喜欢叠纸船，然后跑到小河的上游去，让纸船顺流而下。因为纸船上写着自己喜欢的邻家小妹的名字。倒不是真的想让邻家小妹看到那纸船，那样会令自己无地自容，就像冬天的时候，在雪地上写她的名字，然后又迅速地毁灭证据，仿佛怕阳光告了密。那些时候，一颗心是忐忑的，却也弥散着一层雾样的小欢喜。

长大了，看透了人情冷暖，尽量避开名利场上的刀光剑影，像一个笨拙但倔强的蛹，学会了用厚厚的茧保护自己。却依然有着自己的小欢喜，比如自己动手，研磨一杯芳香四溢的咖啡；比如想到了一句惊艳的诗；比如读到了一篇暖心的文；比如捧着厚厚一本书，怀里揣着热水袋， 被书里的情节带着，心一会儿暖一会儿冷地颠簸着。不管外面是料峭春寒，不管外面是月黑还是风高；比如此时此刻，网上闲游，恰巧逛到编辑朋友陈敏的博客，觅得灵光一句：何来瞠目大美景，不如怜取小清新！喜极，便顺手牵羊，窃来一用。

生活中有伟大有崇高，但更多的是凡俗的生活，吃喝拉撒、爱欲情仇。在更多的生活表象里隐含着更多的生活情趣。人生能有多少大事，无非是一天连着一天，组成一个平凡的一生。而幸福的生活，便是由这些清新的小美景组成的吧。

与其正襟危坐，不如斜倚窗栏，看云卷云舒；与其殚精竭虑，不如榻上横卧，听花开花落。